悪役のご令息の 4
Akuyaku no Goreisoku no DouniKashitai Nichijyo
どうにかしたい日常

4
Presented by
馬のこえが聞こえる
illustration
コウキ。
悪役のご令息の
Akuyaku no Goreisoku no Dounikashitai Nichijyo
どうにかしたい日常

CONTENTS

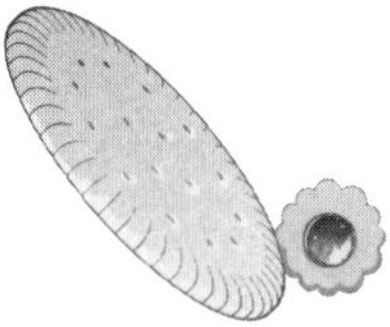

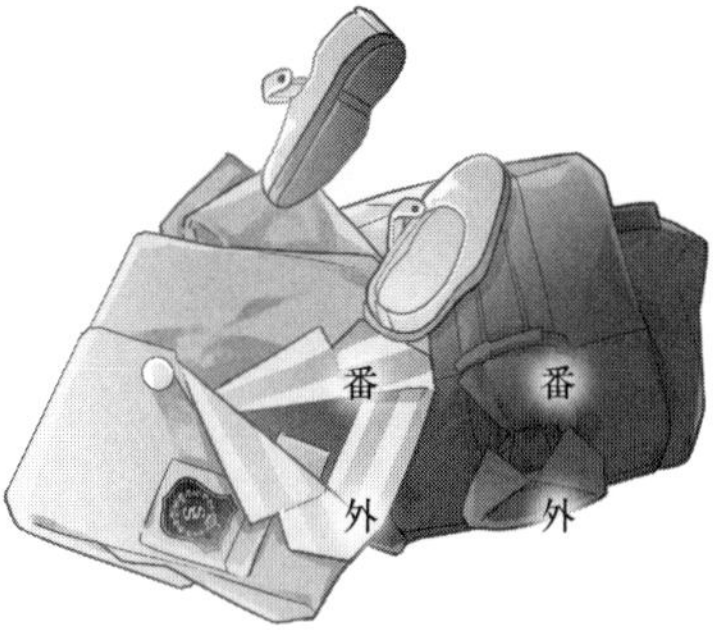

Character profile
フラン
トリアイナ公爵家三男。
好物はアップルパイ。
前世は高校生。
ステファンお兄様
公爵家長男。騎士団に
所属していて留守がち。魔法が得意。
セブランお兄様
公爵家次男。フランに対して
過保護気味。風魔法が使える。

お父様

フランたちの父。公爵家当主。
騎士団所属で仕事と家族が大好き。

おじい様

フランたちの祖父。元海軍総統。
秋に帝都にやってくる。

トレーズくん

お忍びで街に行くフランの面倒を
見てくれるスラムの少年。

アーサー

フランをボコボコにする予定の
未来の勇者。魔法がチート級。

アルネカせんせぇ

フランの魔法の家庭教師。
魔法庁のエリート。人付き合いが苦手。

プロローグ

夏の気配と平和を察知する公爵家三男が僕です

Akuyaku no Goreisoku no Dounikashitai Nichijo

「平和」

お父様が作ってくれた庭園のブランコ。いい感じのロープをつかんで、ゆらゆらを気持ちよく感じながら、この世の平和をかみしめてる僕、公爵家三男7歳。

めちゃくちゃエライ貴族に生まれた僕だけど、前世は日本でふつうの高校生だった。あ。うそ。ちょっと、あー……だいぶ不良の高校に行ってた。そんでなんか生まれ変わったら悪役の貴族になってたの。ひいたよねー。でもこのまえ、キセキテキなアレによって、魔王も勇者によってなんかたぶん封印されたたし、魔王の影響で凶暴になっちゃう魔物たちも落ちついてるし。あとは僕が悪役なわるい貴族じゃなくて、よい子になれば勇者にボコボコにされない、はず。

もしよい子感が足りなくて、勇者がヤル気で来たときは、おとなりの国に逃げようね。ゲームが始まる15歳までまだお時間はある。いける……！

お勉強したり、おとなりの国に逃走するお時間も、勇者が活躍しだす15歳までならまあまああある。すごい。平和ってすごい。

「ンフーッ」

大満足でブランコをねじって、ねじってー……ぐるるるるるるる！

たのしい!!

「ぼっちゃま。セブラン様がお帰りになられるようです」

「セブランお兄様がっ？」

ガタッ

僕はブランコのヒモをつかんだままザッと芝生に立った。

きゅうに立ったからお膝のうらにブランコがノボンッてしたけど、それどころじゃない。だってまだやっとお昼をすぎたくらいのお時間なんだよ。それなのに、それなのに……！

「セブランお兄様が、かえってくる……！」

「ぼ、ぼっちゃま。落ち着いてくださいませ」

「んあああああー！　セブランお兄様がかえってくるぅー！」

びゃー！　と走りだす僕に、メイドたちも全力で追いかけてくる。あわててた風なのにちゃんと僕の動きを予測し、スカートにぎって走る準備してた。早いし速い！

ころんでもフォローできるようにか、僕はメイドたちに両サイドをかためられながらおうちまで猛ダッシュ。

おうちについても、扉を開ける使用人はまだ来てない。よしよし。

「着！」

玄関にゴール！

ブランコからココまでそこそこ距離があるから、ちょっとはぁはぁしちゃった。

僕のおうちって大きいから、目で見えてるのにいざ歩くと遠いんだ。なにせ貴族だからね。

「ぼっちゃま。一度お部屋にお戻りになり、身支度をなさっては」

「んー……いや、ここでセブランお兄様待ちます！」

「セブラン様ご到着まで、もうしばしかかりますよ」

「ん！」

お兄様が来るってわかってるなら、待つのはぜんぜんつらくないよ。

僕はぺそんと玄関の階段にすわった。一日すわってる場所が、ブランコから階段に変わっただけだもんね。

（……なんで三段だけ階段つくったんだろ）

貴族のお屋敷って、ナゾに段差をつくりがちなのはなんでなんだぜ。

朝寝坊とかしてあわてておうち出るとき不便くない？

僕、前世で高校生だったときは、それはもう玄関ダッシュが止まらなかったよ。毎朝やりすぎて、お部屋からお外に六歩で出れるまでに成長してた。でも階段あったら毎朝ころんでたと思う。……前世がせまいおうちで良かったなぁ。

「わっ、え！　フ、フラン様……!?」

「んあ」

おうちから扉を開けて出てきたのは、お背が高い使用人だった。

お父様とかお兄様とかが帰ってきたときとか、お茶会のときに扉を開ける係の人だ。なんかこう、シュッとしててかっこいいから、お茶会のときは女の人にあら～ってほっぺ赤くされてるのを、僕は知っている。僕、おうちにいるお時間が多いから情報ツーなのだよ。ふっふっふ。

係の人は、僕が玄関にすわってたからびっくりしたみたい。目線よりだいぶ下で気づくの遅れたのもあって、なんかでっかめの虫みつけたときと同じ反応です。サプライズ！

「ん、おつかれさまです」

「おっ、恐れ多い！」

僕のほうがエラいから、立ってペコってしたら逆にあれかな、プレッシャーかなって思って、すわったままご挨拶したら、ザンッてお膝立ててしゃがんでくれた。勢いがすごい。

でもお顔が近くなったからおしゃべり楽ちんになるね！

僕は階段に沿うように伸ばした足の爪先をもるもる動かしながら聞いてみる。

「セブランお兄様はもう帰ってきそうです？」

「ええ……そうですね……」

係の人が時間を思い出すように視線を上にする。

セブランお兄様の帰宅お知らせが来てからどれくらい経ったかわかんない。

時計がね、ないの。いや、ないわけじゃないけど、おうちにふたつしかない。おっきい振り子がカチカチする時計がおうちの中の玄関のど正面と、お父様のお部屋にあるだけ。この世界では、時計ってすごく高価らしいよ。

僕はだいたいカンで動いてるけど、扉開け係の人は専用の砂時計とか持ってるんだって。

「セブラン様はお城から馬車でお帰りだそうなので、あと数分もすれば、あちらから馬車が入ってくるのが見えるかと」

「あっじゃあ、立ってたほうが見えそうだね！」

「はい」

ぴょいこと立つと、係の人もおとなりに立ってくれた。

んふふ。僕も扉開け係の人みたい！　お役に立てそう！

そんでちょっと待ってたら、係の人がゆったとおり、おうちの入り口のほうから黒いお豆粒みたいのが見えてきた。

「んあ！」

「はい。セブラン様の馬車でございます」

係の人を見上げたらうなずいてくれた。

僕はもうそこから、馬車を引く馬のお顔が見えて、馬車がカラカラカラッと走る音が聞こえて、御者も馬車も全体が見えてくるまで、いっかいも目をそらさないで見守った。

くる……！　セブランお兄様が帰ってくる……!!

そわそわが止められないでいると、僕たちのまえで馬車が停まって、御者がドアを開けた。

「え、フラン？」

「ん……ん、んあー！　おかえりなさいませー!!」

「ふふふ。ただいま。待っていてくれたの？」

馬車のなかからセブランお兄様が驚いたお顔をして僕を見た。すぐ駆けよりたいけど、お兄様が馬車から降りるのを待って、ワーッ！　と走る！

もむんっ、と抱きつくとセブランお兄様もすぐに抱き返してくれて、おでこにチュッてしてくれた。うれしくてぎゅうぎゅうにくっついちゃう。

「フランはお日様の香りがするね」

「ここで日向《ひなた》ぼっこしてたからかもですっ」

「ええ、こんなところで？」

「ぼっちゃまはセブラン様のお出迎えをなさりたく、しばらくこちらでお待ちでいらっしゃいました」

「ふへぃ」

キティにバラされてちょっと恥ずい。お顔を見られないように、セブランお兄様のおなかにムンッと埋まろうとしたら、セブランお兄様の抱きしめる力が強くなった。

「フラン！　なんて可愛《かわい》いんだろう。待っていてくれてありがとう」

「んひゅっ。んへへ。お出迎えできてうれしいです……おかえりなさいませ、セブランお兄様」

「ああ、ただいま。可愛いフラン」

おなかからお顔を見上げたら、すごく優しい目をしたセブランお兄様がお顔にいっぱいちゅうしてくれた。僕もがんばって背伸びしてお返しして、それからふたりでウフフフってしたよ。

お手てを繋《つな》いでおうちに入る。

扉をくぐるときに、ごいっしょに待っててくれた扉開け係の人にも目でありがとってあいさつしたら、ニコッてしてくれたよ。うむ。おつかれさまです！

「セブランお兄様、セブランお兄様。今日はもうお休みですかっ？　おうちにいる日ですっ？」

「ああ。ボクの騎士指導をしてくださっている方が急遽《きゅうきょ》、地元から呼び出しを受けて帰郷されたんだ。そのままひとりで訓練をしても良かったのだけれど、フランはどうしているだろうかと気になって帰ってきた」

「んへへへへ」

僕のこと気にしてくれたんだって！　繋いだお手てをふらふらさせちゃう。

エントランスをとおって、階段のぼって、長い廊下を歩く。僕のお部屋のほうがまえにあるからソコまでのお散歩だけど、お兄様とこんなお時間にごいっしょできるのがうれしい。鼻歌も出てくるってものですよ。

「フランはいつも機嫌がいいね」

「はいっ。今日はセブランお兄様がいるから、とくべつにごきげんです！」

「ふふ。ボクもフランといると楽しい気持ちになるよ」

「ンヒューッ。じゃあ両おもいですね！」

「そうだね。両想《おも》いだ」

セブランお兄様が目を細めてうなずいてくれるから、お顔ほくほくしちゃう。歩く足もぴょんぴょんだ。

「フラン。着替えたら、あとでお茶をしよう。遠方に行ったときの茶葉をいっしょに飲もう」

「はい！　ぜひ！」

　セブランお兄様のおやつのお誘いをことわる人などいない。すぐ！　すぐ行くってゆう！

　僕はセブランお兄様とすごすお約束ができたから、じぶんのお部屋のまえで安心して立ち止まれた。ちょっと迷ったけどちゃんとお手ても離して、ぺこりとしてお別れ。少しだけの時間だもんね！

　ふり返り、ふり返り手を振るお兄様に、僕もお手てを振り返してずーっと見送ってたら、お部屋からキティに呼ばれちゃった。あんまり見たらセブランお兄様も困るって。

「キティ、キティ！　セブランお兄様がお茶しようだって！」

「ようございましたね」

「うんっ。お茶するからお洋服、お着替えしようかなぁ」

　ブランコでゆらつくまえは、芝生のうえでバッタを追いかけて走ったり這《は》いつくばったりしてたんだ。バッタってめちゃくちゃ飛ぶし速いしで、ぜんぜん捕まえられんかった。でもがんばったから、いまのお洋服は土いっぱいかも。

「これがいい」

「かしこまりました」

　いつもはお洋服えらび係のメイドがえらんでくれるけど、今日はかっこよく見えたいから、何着か出してもらったなかから僕がえらびました。

これはちいさいときのステファンお兄様が着てたお洋服で、ブラウスなのにボタンがなんかゴツッとしててかっこいいのだ。僕のお気に入りである。

鏡のまえに立つと、メイドたちがさささーってお着替えさせてくれる。うむうむ、やっぱりゴツッとしたボタンかっこいい！　恐竜みたい！

大満足した僕は、おイスに座ってお呼ばれするのを待つ。

窓から見える僕のお庭は、もうすぐ夏だよって感じの明るさで、春にはなかったお花の色もいくつか見える。

庭師のおじいがちょこちょこ植えかえてくれるから、いつお庭で遊んでも楽しいんだよ。虫も小鳥も遊びに来るし、ひとりで遊んでられる空間なのだ。いまも緑色と白色のシマシマ鳥がお庭でぴょんぴょん跳ねてる。かわいい。

「ぼっちゃま。セブラン様が庭園へとお誘いでございます」

「んあっ！　すぐ行きます！」

セブランお兄様のとこのメイドさんが呼びに来てくれたので、僕は急いでお部屋を出たのでした。

第1章　僕のゆだんする日常

†セブランお兄様がおヒマと聞いて！

「んあーほんのり果物の香りがします」

庭園にて。

セブランお兄様のお茶のお時間にお呼ばれしております。

「果実は入れずに、茶葉に香りづけのみをしたそうだよ。甘すぎないから、ケーキにも合うと思って土産《みやげ》にしたんだ」

「合う！　合いますっ」

あと魔物臭というか魔力の香りがしない！　これはなによりですよ。紅茶の味だけど、香りは甘くてさわやかなフルーツで、飲んだあとがすごくしあわせな感じになる。わざと深呼吸しちゃうくらい！

ちいさい丸テーブルはふたりぶんのお茶会にちょうどいい大きさ。紅茶とパイとサンドイッチが並べられたらぴったりだ。

「セブランお兄様はええと、えー……西……の国境を見てきたのでしたっけ……？」

騎士見習いのセブランお兄様は、ししょーについていろんなところに行ったりするんだよ。見学とかシサツとか、ときどきは戦争のコーホーシエン部隊に行っちゃったりする。帝国はつよいから負けないけど、戦争に行くときはほんとうに心配で、僕、まえの日はあんまり寝られないんだ。

けど今回はシサツだったはず！

「そう。よく覚えていたね。西には大きな川があるのだけれど、治水のやり方を見せていただいた」

「ちすい」

「川の水が暴れないようにする工事、かな。結界を張って防ぐのが最も良いそうだ」

「魔法でお水を止めるのですか」

「ああ。結界の維持には魔石や、定期的な張り直しが必要で、この前は折よく再結界を張るところを見学できた」

「ふはあ」

結界って張り直したりする。川全体をやるんだったらすごそうだよね。大勢がかこんでやるのかな。

ぬふぅ、ファンタジーな感じしそう！　興味ある！

僕はあんまりおうちのお外に出ないから、お兄様たちが外国に行ったり遠くに行ったりしたときのお話がすごく面白いんだ。

無意識にお鼻の穴を大きくさせながら、ふむふむふむふむ！　ってお話を聞いていたら、ふとセブランお兄様が僕のお袖のあたりに目をやった。

「フラン。そのブラウスは少しちいさくなっていないかい？」

「んあ」

ゆわれて、僕も手首のところを見てみた。

たしかに6歳のときに着てたときよりも手首がすこし出てる。手ぇ伸びたのかな。

「動きづらくはない？」

かさねて聞かれたので、ふたつめのアップルパイいこうとしてたナイフとフォークを置いた。で、手をグーにして脇をわきわきさせてみる。

「うーん……きついと言われたらきついかもです。でも僕、このお洋服好きだから大丈夫です！」

まだ着れる！

キリッてしてゆったら、セブランお兄様は首をかしげて笑った。

「動くには窮屈だけれど、好きな服なのだね？」

「はいっ、ボタンがかっこいいです！　これっ。かたそうでぐりーんとして、かっこいいから好きですっ」

セブランお兄様にも見てほしくて、お胸のトコちょっとひっぱってボタンをアピール。ナニでできてるのかわかんないけど、とにかくかたい。よく見てみたら……石？　これ石かな。

「フラン」

「ふぁい」

ボタンに夢中でお返事がぼわっとしちゃった。僕は姿勢を正してセブランお兄様のお顔を見る。

「フラン。ブラウスを少し大きくしたらどうかな。動きやすいように仕立て直すのは」

「んう……？　作りかえちゃうのですか……？」

お胸のとこの布をきゅっとする。

このお洋服、ステファンお兄様のお下がりで好きなのに……変えちゃうのか……。

「……僕、ステファンお兄様のブラウスのままがいいです。お兄様のかっこいいのがいいです」

お洋服がちいさくなったら着れなくなっちゃうのはわかる。けどまだ着れるから、ちいさくない。

でもダメってゆわれたら仕方ない。僕のお洋服じゃないし……でも……。

ううん、てうつむいてたら、セブランお兄様のお手てが僕のお手てを握ってくれた。

「変えるのではないよ。ボタンや襟の、そう、ステファンお兄様の格好良いところはそのままで、新しい生地で同じものを作るんだ。夏でも着られるようになるかもしれない」

「夏も着れるのですか！」

この、春の終わりまでしか出してもらえないブラウスを！　夏でも!?

バッてメイドを見たら「できますよ」ってゆってるっ。

「セブランお兄様、僕、そうします！　あの、こんどの集会でも着たいです！　かっこいいから！」

「ああ、夏前の教会でだね。うん。良いと思う」

セブランお兄様がお付きの人に「間に合うか」って聞いてくれて、なんかオッケーっぽい！

「ふあああ！　うれしいです！」

「フフ。いつもお下がりだけれど、フラン用の服になるね」

「僕の！　あっでも、ステファンお兄様のボタンだからステファンお兄様と僕のあの、コラボですね！」

「こらぼ……？」

前世の言い方にセブランお兄様がふしぎそうなお顔してるけど、僕はおにゅーのお洋服がコラボなのがうれしくて興奮が高まるのでした。


「フランとお風呂に入るのもひさしぶりだね。そちらは寒くないかい？」

「はいっ、こうやったら……あったかいです！」

お茶会のあと、セブランお兄様にご本読んでもらったり、追いかけっこして遊んでもらいました！

いっぱい遊んで汗をかいた僕たちは、お夕食まえにお風呂に入ることにしたんだよ。

清浄魔法《クリーン》が使える貴族にとって、お風呂はただのお飾りらしいんだけど、一応ちゃんと使えるようになってる。そして、わがやは僕が入りまくるからいつでもキレイなお湯がはってあるのだ。

「フランにちょうどいい深さに設計したそうだから、枕でも持ってきたら気持ちよく眠れるかもね」

「ま、枕を……!?」

そんな斬新なアイデアが！

見栄えだけのお風呂のときは、大人用の大きいお風呂だったから僕が入ると沈んじゃいそうだったんだ。それをセブランお兄様がお父様にゆってくれて、子ども用の浅めお風呂ゾーンが誕生。これがもう最高でして！

座ってよし、お膝で歩いてよし、へりに頭をのっけて寝てもよしのよしよしお風呂なのである。いまはセブランお兄様が大人用のところにいて、僕は子ども用のとこで、寝そべってる。そこに枕を、という天才的なごていあんをいただいたので、次回からそうします！

記憶が戻ってからって、お風呂に何日も入らないことがなんか罪ぶかい気持ちになるんだよね。潔癖症じゃないはずだけど、ヒマがあると「お風呂入ろっかなー」ってなる。だってお風呂たのしい！もこもこの泡は気持ちいいし、お湯のなかを滑る馬車のオモチャを作ってもらったから、もう延々。ずーっと遊べちゃうのだ。

僕が温泉地に来てモトをとろうとする人みたいに、毎日毎日入ってたら、いつの間にかお兄様たちもお風呂を好きになったみたい。お仕事から帰ってきてまっすぐ浴室に行くのを、何回も見たことある。んっふっふ。お風呂、いいよね！

僕は寝そべってた体をお手てで浮かせて、お湯の浮く力によりそのままお兄様のもとへ移動開始。宇宙にいるみたいで楽しいんだぞーっ。

のそんのそん、とお湯をかき分けて大人用との区切りまで行く。セブランお兄様も区切ってるとこに腕をのせて、ゆっくり近寄る僕を眺めてた。

よいしょと体勢を直して、お兄様の真向かいで正座。お湯でふわふわするけど、近くにいられるのがいいから、区切りのとこをお手てでつかんでド正面からお兄様と見つめ合った。

「セブランお兄様のとこはいい香りしますか」

子ども用のところはアワアワにしてもらってるけど、セブランお兄様が入ってるほうには別の入浴剤をいれてもらったんだ。僕チョイスのだけど気に入ってもらえるかなぁ。

「ああ。これは……ハーブティーで香るものと似ているね。心が静まるようだよ」

「はい！　あの、セブランお兄様はお疲れだと思って、ホタルサイコってお花とオレンジの皮の入浴剤にしました！」

　ホタルサイコの黄色いお花はホタルみたいに点滅するんだって。オレンジの皮はリラックスに良いらしいので、ふたつのドライフラワーをブレンドして作ったんだよ。すごくいい香りなのである。僕の好きなやつだけど、ホタルサイコは希少種ってやつらしいので、使うならお疲れのお兄様がいる日にしようって決めてた。

　買ったのはスラムの近くだよ。

「フランは花や植物にくわしいのだね。よく知っている」

「はいっ。お花のズカン見るの、好きです！　あっ、動物も好きです！」

「そうだね、それに虫も好きだよね」

「んひゅあ！　そうっ、そうです、虫も、お花もです！」

　僕が好きなもの知ってるなんてすごい。だってセブランお兄様は、さいきんすごくお忙しくておうちにいないこともあるのに、それなのに僕が虫好きなのを知ってるなんて……！

「んあっ!!」

「ワッ。ど、どうしたの」

僕がおっきい声出したから、腕にお顔のせてリラックスしてたお兄様がビクッとした。

でも大事なことゆわないとなので、僕はお兄様にさらに近づいて、もうお鼻のさきっぽがあたるくらい近くに行く。

「でもいちばん好きなのはセブランお兄様です！　かっこいいし、やさしいし、大好きです！」

お目めをしっかり合わせて、大好きなの伝わってるかなって見たら、セブランお兄様のキレイな緑色の瞳がふるっと揺れて大きくなった。そんで、ゆっくりと細められてくのと同時にお兄様のお顔が近づいて、おでこがコツンてした。

「ボクもフランが大好きだよ。世界でいちばん大切な、可愛《かわ》《い》いボクの弟」

「んきゅぶああー！」

かっこいいいいいいー！　僕は全身を駆けめぐるうれしいとかっこいいと大好きって気持ちが溢《あふ》れそうになって、お風呂の区切りがあるのも忘れてお兄様に抱きつきに行った。トッシンだー!!

「ワアッ！　ふふふふっ、興奮しすぎだ」

ジャボバババ！　って暴れてる僕をうまく抱き上げてくれたセブランお兄様は、大人用の深いお風呂に引き入れてお膝にのっけてくれた。アゴがギリだけど、お兄様が抱っこしてくれてるから安全！

アワアワの僕が入ったら、お湯のなかにアワは溶けちゃったけど、そのかわりさわやかなハーブの香りがしてくる。

落ちつく香りのなかで、僕はセブランお兄様にもたれかかりながら、はふぅと安堵《あんど》のため息をつくのでした。

†成長とは自分を信じることでもある

あたらしいお洋服をつくるには、なんかお部屋に専門の人が来て手ぇピンとさせたり、気をつけしたりして、ぜんぶの長さを測らなくちゃいけない。

でもお洋服をちょこっと直すだけなら、おうちのお裁縫係の使用人がやってくれるんだ。だからすぐに終わるな～って思ってたんだけど――

翌日のお昼前。

僕は狼《おおかみ》さんのお手てを握ったまま、ぼわっとしてた。

「えあ。サロンにいくの？」

「はい。裁断師が来ております」

ちょろっと立ってたら終わると思ってたから、いま、ぬいぐるみたちを干すお仕事をしようとしてたのだ。狼さんのぬいぐるみをベッドから引き出してるカッコのまま、僕はキティを見上げた。

「あたらしいお洋服じゃないよ？？？」

「はい。しかし、セブラン様から避暑地用の服も何着か仕立てるようにと仰せつかっております」

「セブランお兄様から……。ならしかたないねっ」

お兄様がゆうならしかたない。

僕は狼さんを、ふたたびベッドに寝かせて、枕もちゃんとつけてあげる。

「日向ぼっこはまた明日ね」

んあ、おしっぽのおリボンがずれてる。なおそう……。あれ、むずぅ。

「ぼっちゃま。おリボンは私どもが」

「んー……ん！　おねがいしますっ」

ちょっとがんばったけどチョウチョ結びがむずすぎた。ぜったいかたっぽが長くなるの、なんでなの。

狼さんとほかのぬいぐるみをメイドにおまかせして、僕はサロンへ。

「キティ。あたらしいお洋服はひさしぶりだね！」

「さようでございますね。ぼっちゃまもお背が大きくなりましたから、良き機会でございました」

にっこり顔のキティの言葉に、僕はバッと立ち止まる。

「ぼっちゃま？」

「背が!!　背がおおきくなってるの!?」

「は、はい。去年より大きく」

「おおきくなってる！！！」

これは……これは一大事だ！

「んあああああっ。キティキティっ、いっかいお部屋にもどろっ」

「な、何かございましたか？」

「お背の!!　線を書かなくちゃ！！！」

「線を……ああ」

キティもピンと来たみたい。僕はもうそのまえのまえにはピピンと来てたから、早くお部屋に、お部屋の柱にもどりたくて足がパタパタしちゃうっ。あの柱のとこにお背中くっつけて、キティにペンで頭のてっぺんの線引いてもらわなくちゃっ。

前世の〝僕〟は中肉中背ってやつだったけど、今世のお父様とかお兄様は〝中《ちゅう》〟どころじゃない。〝大〟だ。前世の先輩だってあんなに大きくなかった。お父様なんて大のなかの大だし、ステファンお兄様もセブランお兄様もシュッとしてかっこいいんだよ。

(もう前世の僕をこえてるのでは……!?)

気づかぬうちに。気づかぬうちにねっ。なんだったらセブランお兄様ともあとちょっとくらいの差になってるかも!

「キティキティッ」

「ぼっちゃま」

「はい!」

「お背は日に日に伸びるものです。服を仕立ててから測ったほうが、より大きくなっているかもしれません」

「てんさい!?」

なにそれすごい真実じゃん!

「線は日に何度もは引きませんから、ここぞ! というときに引いたほうがよろしいかと」

「ここぞ……そうだね!」

じゃあ先にお洋服つくってもらおう。

まだ少しコーフンしてるけど、僕はスーハーして息を落ちつかせた。うむ！　僕は中身はオトナだからね、落ちつけちゃうんだ。そう、落ちつけ……る！

そうして、公爵家のめちゃくちゃ長い廊下をぽこぽこと歩きだした。エラい貴族だからおうちも広いし、サロンも何個もあるんだ。移動もたいへんなんだよ。

ぬーん。ここのサロンは来たことあるっけな？　裁断師さんがいるのはちいさめのサロンだった。あと、地味めのとこ。みんなでワーイってパーティーするサロンじゃなさそうだ。

「ぼっちゃま。裁断師のカーミンです」

中に入ると、おじさんとおじさんの部下っぽい人たちが頭を下げて待っててくれた。

僕ももう7歳なのでね、やり方はわかってますよ。

「うむ！」

おっきめにウムってしたらいいのである。むふぅ。貴族のやり方にも慣れてきた気がする。

僕の合図で、おじさんたちが横にさーっとはけて、まんなかに丸い台が置いてあるのがわかった。

あそこですね？

お洋服つくるのひさしぶりだから、うっすらとまわりの反応を見つつ台に片足をのっけてみる。

……みんな動かないから合ってそう。もう片方ものっけて、両足で台に立つと、裁断師のおじさんがヒモをポッケから取り出した。

そこからは肩だったり腕だったり、首もぐるんてしてどれくらいかも測られたよ。設計図つくってるみたい……ロボットになった気分。細かいとこまで測られたけど、お時間としてはあっちゅー間でした。機敏さでいうとテンションあがってるリスより速かった。おじさんがゆう数字をメモる部下の人も、おじさんと同じ角度になったりめちゃくちゃ動くのに、チラッと見たメモの字がお上手でした。

「お疲れ様でございました」

「ん！」

キティに手を添えてもらって台からぴょんとする。

「では襟と袖のデザインは変えずに生地を変更します。ボタンは現在のを使い……」

「ええ。セブラン様から指示をいただいているので、こちらを遵守してほしいわ。着心地がよく、汗をかいてもすぐに乾き――」

おじさんとキティと衣装係の人たちが集まって会議開始。僕はやることなくなったっぽいのかな。とりあえず立って窓を見てたら、青い小鳥がいた。窓辺のとこでちゅんちゅんして、毛づくろい中のようです。

（んあ。お日様のあたりかたで色が変わるんだ）

めずらしいー。動くたびに青から緑、むらさき色とかになってすごくキレイだしかわいい。

「――ですので、なによりも愛らしさは忘れずに、しかしわざとらしさは控えよとのことです」

「は、胸に刻みます。……はじめの試着日にセブラン様はおいでに？」

「ええ。そうお願いしたいと……理想を確認しませんと」

「はい」

裁断師のおじさんたちが、深々と頭を下げたまま止まった。停止。

「……」

おしまい？　ってキティを見上げたら、「お疲れ様でした。お部屋へ戻りましょう」って。

思ってたよりぜんぜん早く終わったや。これなら狼さんたちを日干しするお時間あるぞー！

「キティキティ。お日様があるうちに狼さんたち干したい」

「かしこまりました」

「今日お天気いいもんね！　ふかふかになるよっ」

「さようでございますね」

「あ、さっきね、日向ぼっこしてる鳥を見たよ。お天気がいいから、気持ちよさそうだった。毛づくろいすると色が変わってすごいの！　かわいかった！」

「色が変わるとはめずらしいですね」

「うん！　何鳥っていうのかなぁ。明日は図書館でしらべてみようかなっ」

「み、みずからお勉強をなさると……！　なんと高い志をお持ちなのでしょう……!!」

横を歩くキティがあぁ～ッてして倒れそうになったから、僕はあわててキティのスカートをぎゅっとした。

「あっあっ、たおれないでっ。お部屋で背ぇはかるからがんばって……！」

「クゥウーッ……耐えます！」

「う、うん！」

たえた！　廊下に足をダンッてしてなんとか気合いで立ってくれるキティ。さすが元騎士。足のつよさがメイドを超えてる。

闘気みたいのをみなぎらせて歩くキティを心配しつつ、お部屋にもどり、予定どおり背の高さを測ってもらうよ。

ウキウキと柱に背をつけた僕は、数秒後に絨毯《じゅうたん》のやわらかさをほっぺで感じるなんて想像してなかったよね。

「……うそだ……」

いま、感じはじめました。

「そんな、そんなことある……？」

お部屋の床にゴロリ……と倒れつつ、ペンで印をつけてもらった柱を見上げる。

いちばん上の線、前回と同じとこにある。

「僕、お手てだけ伸びたの……」

背ぇ伸びたっつってお洋服作ってきたのに？　お手てだけ伸びてたってそんな……。

「ぼ、ぼっちゃま。お背も伸びておられますよ！　ほら、指先を横にして……半本分は伸びておられますっ」

「……半本分……」

キティの必死な声を聞きつつ、遺伝子とは……と人体の神秘に思いをはせる僕なのでした。

†調べものもオテノモノ!

僕のおうちには図書館がある。すごくエラい貴族だから、本もたくさん持ってて、で、本用の建物を造っちゃったんだって。それがこちら。おうちの敷地なのにおうちから馬車使って来る距離のわがやの図書館です。

「鳥さんのズカンあるかなあ」

「図鑑関係は一階にまとめてありますから、ああ、このあたりですね」

今日はシツジが付き合ってくれてるよ。お父様もいないし、シツジも忙しくなさそうで、玄関で見かけて声をかけたらいっしょに来てくれたのである。

シツジはおうちのことならなんでも知ってる。このおっきめ図書館で、鳥のズカンがどこにあるのかも知ってるんだよ。たよれる!

「ん! ありがと。ええと、鳥、鳥、とり～……」

シツジが教えてくれたとこにぺぺって行って、本の題名をハジッコから見ていく。鳥の世界、鳥の巣立ち、帝都の鳥、鳥の鳥、鳥、鳥、トリ……。思ったよりある。

「みんな鳥好きなんだね」

「帝国は鳥の多い国でございますから」

「ふへぇ」

そんなに鳥が多い国だったんだ。知らなかった。

むずかしくて読めない題名のもあったけど、とりあえず気になったご本に指をかける。『鳥の鳥』ってなんだろ。男の中の男みたいな感じかな。

「お……っも！」

引っぱろうとしたら重い！　これはあれだ。宝石とかつけてる系のズカンだ！

ピンと来た僕と、護衛のおじさんがフォローに入ってくれるのは同時だった。すぐに察してゲキ重ズカンを取り出してくれる。想像した通り、表紙の紙はぶ厚いし宝石埋まってるし、鳥の絵にもなんかたぶん宝石の粉とかまぶしてる。もーぜったいお金持ちがつくった本じゃん。

ふぅ、としてズカンを受け取ろうとすると、護衛のおじさんが屈《かが》み腰でズカンを開いて見せてくれた。

「ふあ。ありがと。……んあ」

ぜったいお金持ちが趣味でつくった本だと思ったのに、中身は文字びっしりのめちゃくちゃ、あの、真面目なやつだった。ちょっと読めたトコには、学術名とどこで発見できるかとか書いてて、特徴とかも文字で書いてる。ドえらい研究家のご本だった……！

僕は屈んで重たいご本を持ってくれてるおじさんに申しわけない気持ちになる。自分の眉毛がハの字になってるのがわかったよ。テキトーにえらんですみませんでした……。

「あの、絵がおおいのがいいです」

見守ってくれてるシツジをふり返って、お願いする。

「かしこまりました」

シツジは、すっ、すってご本をえらんで護衛に渡していく。

三冊えらんでくれて、テーブルへも運んでくれるよ。

「ぼっちゃま。どうぞ」

「はーい！」

おイスを引いてもらって、目のまえにズカンも広げてもらって、いたれりつくせり。ありがたい。

重い本でも一ページだけだったら軽いもんね。おイスにすわって、僕はペロペロペロペロと紙をめくってく。絵が多くてとてもいい。

「うーん」

一冊目にはあの小鳥の姿はなかったので二冊目。ぬぅ。こっちにもいない。

さいごの三冊目も、ラストのページをめくって、おしまい。

「…………いなかった」

どのご本も絵がすごく上手で見てて楽しかったけど、色が変わる鳥のことは描いてなかった。似てる鳥は「シジュウカラ」っていうことはわかった。

「見つかりませんでしたか」

「うん。これでぜんぶ？　鳥、ぜんぶ？」

「未発見の種もあるでしょうから、全部ではないでしょう」

「あ、そっか！」

みつけてなかったらズカンに描けないもんね！　サロンの窓辺にいた鳥は、まだ研究してる人たちに発見されてないレアな子だったのかも。かくれんぼ上手さん。

「色が変わる鳥、お名前わかるといいなぁ」

探してた子はみつからなかったけど、いっぱい鳥さんの絵を見れてなんだか満足した気持ちになった僕は、図書館をあとにするのでした。

†傷つきやすいお年ごろ×2

結界が張られたお庭で、僕はいきいきとセブランお兄様といっしょにやった試着会のことをお話ししていた。お話し相手は魔法の家庭教師のアルネカせんせぇ。

「それでね！　あたらしいお洋服はセブランお兄様がすごくチェックしてくれたから、かっこよくなったんです！」

「良いことですね」

「はいっ」

試着会すごく楽しかった！　セブランお兄様が意外とこだわりたくさん持ってて、僕よりもここをこうしてをいっぱいゆってた。おかげで結果的にすごく着心地のいいお洋服ができたんだよ。ほんとにたのしかったなぁ～。

魔法のお勉強の小休憩。お話しだしたら止まらなくなっちゃった。

棒立ちで聞いてくれてたせんせぇは、脇に抱えてた魔法の本を持ち上げて、気持ちを切りかえるように杖《つえ》をトントンとさせた。

「では再開しましょうか」

「あっ、はい！　んう～………」

魔法のお勉強はたのしい。どうやって魔法ができるのとかもやるけど、今日みたいに魔力を練って撃つ練習もある。これ好き！　ファンタジーの感じすごくする！

魔力をねりねりした僕は、バッと足を広げる。

「えいっ」

ぽん！

ぽん！

「えいっ」

「ぅえーいっ！」

……サスンッ
空気出た。

「ふへ。ふたつだけ」

さっきもふたつ丸いの出たのに、三回目は空気だけ出たの。つづけてたら二回目も空気になったから、それで休憩になったんだ。

お休みしたからみっつ出そうと思ったからざんねん。

「よくできました。安定して二発撃てるようになってきています」

「ううん。みっつめはいっつもサスッてなっちゃいます」

「フラン様は魔力量が貧弱なので、魔法を発した後に体中から残りの魔力をかき集めるのが間に合わないのでしょう」

「ひん」

「休憩をとれば撃てるようになっていることから、錬成度を上げていけば三発は可能なはずです」

「ふぇい」

せんせぇは褒めてくれるし、的確なアドバイスをくれるよ。すごく的確で、なんでか撫で撫でとパンチを同時にされた気持ちになるけど。

ふへへ……ってあいまいな反応してたら、せんせぇが本を閉じて僕を見る。あれ、ちょっとしょんぼりしてる……？

「……励ましたのですが、やはりどこか可怪《おか》しいところがありましたか」

「えっ」

「同僚にも、たまにそのような反応をされます。私のどこかが可怪しいのはわかるのですが、それが具体的にどこなのかが……私にはわからないのです」

せ、せんせぇが僕のリアクションで落ち込んでる……!?

魔法の本を閉じて、杖を持ってたお手てもペソンと下におろして落ち込んでるらしいせんせぇ。

（これは本気のお悩み……！）

「んうう」

どうしよう。なんて言ったらいいかな。褒めのなかにディスが含まれておりましたって、どうお伝えしたら……！

「ええと、あの」

「はい。どうぞおっしゃってください」

僕がもごごとしてたら、キリッとしてせんせぇが見つめてきた。下まぶたのとこが赤くなってて、すごく覚悟を決めたお顔。

ゆったら傷つけちゃうかもと迷ったけど、でもせんせぇが本気でお悩みなら、僕も本気で向きあうぞっ。僕は年上のせんせぇにゆうってコトと、センサイすぎたかもな自分にお胸をドキドキさせて、息を吸った。

「あの、貧弱ってゆわれたとき、ストレートすぎて『あっ……』てなりました」

あっ、のときにお胸をおさえる仕草をする。伝わるかなぁ。せんせぇを見たら、戸惑ったように首をかしげてた。

「乏しい、なら良かったのでしょうか？」

「んあーあー、うーん……？」

僕も首をかしげちゃう。ふたりでシンキングタイムです。

ふたりでうーんうーんてして、思ったことをとにかく正直にことばにしてみた。

「僕もなんで『あっ……』てなったか、わかんないです。ホントのことだし、あのぇえと、せんせぇが悪くゆおうとしてないの、わかるし……」

「ふむ……もしや『貧弱』や『乏しい』は、悪意がある者や場合に使う言葉なのですか？」

「んあ、そうかも？」

やーい、最弱ぅーとかも悪意パンパンな言葉だよね。好きくない人にゆうのかも。悪役でやられちゃったゲームの中の僕はお兄様たちにやーいやーいゆわれてたけど、いまセブランお兄様が僕に「フランはトリアイナでもっとも最弱」ってゆわない気がするよ。むしろ大好きってゆってくれそう！

「私は、フラン様に悪意ととらえられる言葉を……」

せんせぇがまた一段ふかく落ち込んだ。そんなつもりじゃなかったのはわかるから、なんかあわてちゃう。

「あっでもせんせぇ！」

「はい」

「せんせぇは僕のこと好きだし、僕もせんせぇのこと好きだから、びっくりしたけどすごくヤだなーじゃなかったです！　好きだから！」

「す……好き」

「はい！」

そうだそうだ。好きってわかってるから、ヤだったけどいっぱいのヤじゃないよ。せんせぇのことはまだ好きだもん！　せんせぇも僕のこと好きなのわかるもんね！

「……はい。私はフラン様のことが好きです。だからこそ傷つけてしまう言葉を発して、申し訳なく思います。貧弱と言ったことを取り消して謝罪します」

せんせぇがすって頭を下げた。

「いいよ！」

せんせぇのごめんなさいは受け止めました！　そんなに傷ついてなかったしね！

せんせぇはお顔をあげて、困ったようにため息をついた。

「語彙が乏しいのが原因ですね。好きな人にかける良い言葉を学ぼうと思います」

「ん！　けど、僕はいまのままのせんせぇでもぜんぜんっ、好きです。きっとお仕事場の人たちも同じ気持ちと思います！」

「ふふ。ありがとうございます。しかし同僚にも謝らなくては。……私もフラン様のことが好きですよ」

「うぇへへー」

うれしくなっちゃう。

せんせぇもやっと笑顔……お口の横がすこーしあがってるからたぶん笑顔になって、杖を持ちあげた。

「では、練習を再開しましょう」

「はいっ！」

張りきってお返事した僕は、元気よく二発魔法を撃ち、さいごに空気を発射したのでした。

†あらゆる知識をあらゆる場所で！

魔法の勉強も順調なので、僕はもう少しかしこくなろうかなって思った。だってほら、おとなりの国に行くにはお船とお金が必要だから、なんか、んー……海のこととか？　知っといたほうがいいかなって。

「ということで、海のこと教えてくださいっ」

「なにがということでなのかの前提がまったくわかんねぇ」

「だよね！」

スラムの近くの公園。

おしのびはプロなみになって、公園のベンチの座り心地にも慣れた僕は、足をペヨンペヨンさせながら、トレーズくんに疑問をぶつけていた。

トレーズくんはまだ子どもなのに物知りなんだよ。おとなりの国に行く方法も知ってるし、さいきんは帝都の近くの森で食材狩りっていうのをしてるらしい。くわしくは教えてくれないから、サクランボ狩りとかキノコ狩りみたいなことかなって思ってる。スラムのお食事をじゅーじつさせるそう。えらすぎる。

そんなトレーズくんなので、海のことも知ってるかもって思ってしのんできたのだ。

キティとかシツジに聞いて、おとなりの国逃走計画がバレたら止められるかもだし。

「あのね、海が遠いのはなんとなく知ってるんだ。歩いてけないんでしょ」

「おう。えらいな、よく知ってる」

「ムフンッ」

屋台で買ったかたいパンをちぎる片手間だけど、褒められると鼻息でちゃうよね！

ほいよ、とくれたぴったり半分こにされたパン。これ好き！　まんなかのまだやわらかいトコを少しちぎって食べる。んあ～粉の味がしておいしい。かたい皮のとこはあとで思いっきり引っぱって、ひとくちずつ食べるんだぁ。皮もこうばしくて、おいしいんだよ。

僕はしばらくパンに集中して、やわらかいトコを食べきり、トレーズくんを見上げた。

「トレーズくん。海って青い？　ワンチャン赤いとかある？」

ゲームでの海は青かったけど、終盤になると帝国には黒い雲がかかっちゃって、全体的に薄灰色と赤色を混ぜたみたいな画面になってた。あれがいつからかはわかんないけど、じつは元から赤いってこともありえそうじゃんね。

トレーズくんはパンにかぶりついて、首を傾げた。

「あー……青色だっては聞いたな。オレも本物の海は見たことねぇんだよ」

「んあえ、そうなんだ。ハケンとかで国境に行ったりするから、知ってると思った」

「国の派遣で行かされんのは内陸だ。オトナなら海の方にも行かされるらしいけど、キケンなんだってよ」

「えっ、キケンなの⁉」

なにそれ聞いてない。いや、たしかに海にも魔物はいるけど、子どもＮＧなくらいアブないトコとは考えてなかった。

やばい。さいあくイカダとかでも脱出できるなーって思ってたのに……！

「な、なにが、なにがキケン⁉　あっタコかな！　大きいタコかな⁉」

「いやいやいや知らん知らん知らん」

パンの皮を持ったままトレーズくんにバッてしがみつく。教えてください。知っていることをぜんぶ教えてください……！

必死なあまりちょっとトレーズくんにのり上げてて顔もすごく近くなってるけど、それどころじゃないんだ！

「タコ知らない⁉　長い手でぐるぐるに巻いてきて、焼くとおいしいやつ！」

「恐怖とヨダレが同時に出せんのか。すげえな」

「んむぅ」

トレーズくんがポッケからキレイなハンカチを出してお口を拭いてくれた。むふぅ。たこ焼き思い出しておよだ出てた。

ちょっとだけ落ちつきを取りもどした僕は、せっかくなのでトレーズくんのお膝にそのままのっとくことにした。くっついてたら、こわいお話も耐えられる。

さらに心を落ちつけるために、パンの皮をブッ……チとちぎって、お口にいれた。かたい。おいしい。

「あー……とな。海もヤバいけど、その海に行くまえに浜辺って砂地帯があるんだってよ。踏むとトゲぶっ刺してくる魔物がいたり、布が落ちてるっつって拾うと求婚してくるゴーストがいたり、すげー長時間グチってくる人魚がいる、らしい。だから慣れてねぇとアブネーんだと」

「それぜんぶ魔物……？」

「人魚はちげーけど、ある意味ではなぁ」

ビーチの治安が……。

あれなんだね。浜辺で波に足いれたり、日焼けしてみたり、みんなでボール投げ合ったり。そういうテンションのビーチではないんだね。おーけー。把握した。

「トレーズくんは物知りだね！　かっこいい！」

「ぜんぶ又聞きだけどな」

「んーん。なんかね、そうゆうことを調べたりして知ってるのがすごいなって思う。そんけーする！」

「……そうかよ」

拳をあげてヒューってした僕に肩をすくめてたトレーズくんが、急にお空を見上げた。

「んあ、なに？　タコいた？」

「いねぇ」

「あっ、目ぇいたくしたの！」

「ちがう。いい、いいって、あんま顔見んなって」

僕のちぎったパンが目に入ったんじゃ！　ってお顔を見ようとしたら、全力できょひられた。なんだね！

　心配だけどすごいずっと上向いてるからしかたない。

　僕は治安わるわるビーチのことを考えながら、パンの皮をちぎってむしゃむしゃしてたらふと気づいた。

「ンハッ」

　たしかステファンお兄様、先週から海にお仕事いってる。海軍とのお仕事がどうとかゆってた。

　僕はパンをごくんとすると、おそるおそるトレーズくんに聞いてみた。

「トレーズくん。さっきの、布ひろったらキューコンて、もしかして結婚してくださいって言われるってこと……？」

「あ？　ああ、そうだ」

「アーッ！」

「うわっ。おい、どうした落ち着け」

「ステファンお兄様、いま海に行ってる！」

「ああ、このまま海戦してたもんな」

　そう！　海なんてぜんぜん遠いから、お兄様たちのお仕事関係ないかなと思ったら、街を直すやら残党がどうとやらで、ステファンお兄様の黒槍《こくそう》騎士団が行くことになっちゃったんだよ。街を直すだけなら大丈夫そうだけど、海のほうまで直しに行ってるのかも。

「布ひろったらキューコンされちゃう……た、たいへんだ、ステファンお兄様、こんど結婚するのに……!!」

ステファンお兄様はアラベル様っていうお姫様と婚約してるんだよ。アラベル様は僕の幼なじみのラファエル皇子のお姉ちゃんなんだけど、それはそれとして、ふたりは今年結婚するのだ！　このまえお父様から聞いたもん！

「あーウワサになってるぜ。城の姫サマとだろ？」

「そう!!　お姫さまと結婚するのに、海でキューコンされたらウワキになるんじゃ……ど、バッ、どうしよう！　おて、おて、お手紙書いて教えてあげなくちゃやだっ」

「ステファン様は落ちてる布拾わねぇんじゃ……つーか、息しろ。ほら、落ち着け落ち着け、どうどう」

「んう――!!」

あわてすぎてお膝のうえでバボバボうごめいてる僕を、トレーズくんがぎゅってしてくれた。お胸にお顔をうめて「わーっ」てゆうとお背中をトントンして、「うーっ」て奥歯噛《か》みしめたら頭をナデナデしてくれる。そうされるとだんだん息もふつうになってきた。

僕は、ンスーッはああ～と深呼吸。

「とりみだしました」

「おう」

ごめんねってしたら笑って髪をくしゅくしゅってかき混ぜてくる。くすぐったくて気持ちいい。

いい感じに気合いが入ったので、お膝からしつれいする僕。やる気でてきた！

「トレーズくん。今日は僕、いそいで帰るね。ステファンお兄様にお手紙書きたい」

「わかった。教会まで送るわ」

「ん！　ありがとっ。あと、海のことも教えてくれてありがとう」

「おーよ」

なんでもないふうにお返事してくれるのがかっこよくて、にへってしちゃう。差し出してくれるお手てをしっかり握って、僕はトレーズくんといっしょに森のなかの廃教会に歩きだすのでした。

†フラグはみつけしだい折るのが大事

隠し通路をとおって帰ってくると、たどり着くのは別棟の物置き。帝国に侵入するために勇者がとおる道だよ。いろんな家具にシーツがかけられてて、もしあれのドレかがおばけだったらって考えだすとこわくなるから、まっすぐ扉にいくよ。

僕は鼻をすすりながらそーっとドアノブをまわして廊下に出た。おそうじのメイドがたまーにいるから、念のためここもこっそりだ。

明るい廊下にはだれもいなさそう。

「……うむ」

僕だってもういっぱい泣いたりしない。でも自動的に出ちゃう涙はしかたないのだ。お袖でお目めをぐしぐし拭いて、明るいお外が見える窓にペッとくっつく。暗いお部屋からはなるべく離れたい気持ちなのです。

カギがこわれてる窓からよいしょってお外に出て、背伸びしてちゃんと窓をしめる。これでカギがこわれてるって思われないで、またつぎもおしのびできる、はず。

ソソソソッて木かげに移動してお外の空気を吸ったら、やっとこわい気持ちがなくなってくるんだよ。

ほんとは廃教会みたいにトレーズくんが待っててくれたらいちばんなんだけど、トレーズくんはあっちにしかいないからガマンだ。

小鳥の声とか聞いて、行けるってなったら立ちあがる。

「がんばれー」

自分にちいちゃい応援をして、小走りでおうちにもどるぞー！

庭師のおじいがお手入れしてる庭園を、彫刻とか木で作られたクマとか、なんかそういうのを目印にして、なおかつお仕事してる使用人に見つからないようにもどるのはけっこう大変なんだ。プロじゃないとむずかしいでしょうなあ！

まぁ僕は6歳のころからやってるし、前世では高校生っていうオトナだったので、コツとおうちまでの最短の道をリカイしてる。えへんとした気持ちでおうちまでくると、キティがめずらしくお外にいた。キティを見たらガマンできなくて猛ダッシュでキティに抱きつきにいっちゃう。……隠し通路、こわかった……!!

「キティー！」

「え、ぼっちゃま!?　一体どこから」

「木かげ！」

「こ、木かげでございましたか……」

お昼寝してるはずの僕がお外にいてめちゃくちゃびっくりしてたけど、さっと受け止めてくれるキティ。さすが元騎士。ううう、安心するよぅ。

「おひとりでお目覚めになられたのですか。担当のメイドは何をして」

いかん。メイドさんにご迷惑がかかりそうな気配……！

「そんなんより聞いて!!」

「は、はい！」

「いますぐ、ステファンお兄様にお手紙書かないといけない！」

「かしこまりました。すぐに手紙をお持ちいたします」

僕ができる最大の真剣にキリッてしたお顔でキティを見上げると、キティはハッとしたように表情をあらためうなずいてくれた。それからいっしょにおうちのなかに戻って、ぶじ、お部屋に到着。

メイドたちは寝起きの僕がお外から来たのにびっくりしてたけど、すぐにお昼寝お目覚めセットをご用意しだす。ぬるめの紅茶とクッキーだよ。寝起きの体にしみるセットだ。

キティが机の椅子を引いてくれるのでよいしょって腰掛ける。ちょっと待ってると、お昼寝お目覚めセットといっしょに便せんと封筒とペンが机に並べられました。

僕は紅茶を一気に飲んでおかわりのお願いをしてから、ペンを手に取った。便せんは……これにしよっ。

「よし。しっかりお伝えしないと。………ステファン、お兄様、へ」

インクを付け足しながら、とても大事なお手紙を書く。


おしごとおつかれさまです。

げんきにしていますか。ぼくはげんきです。このまえブランコで3回てん半をきめました。

ところで海でナャはひろってはダメです。ナンパされてキューコンされます。どんな人にけっこんしてってゆわれても、おことわりしてください。

ぼくはステファンおにいさまのおよめさんはアラベルひめさまがいいです。やさしくてすきです。

とてもだいじなことおもったので、おてがみかきました。

あと海にひやけはイタイので、きよつけてください。ごはんもたくさんたべてください。だいすきです。


「フラン……と。うむ！」

書いたあとで最初から読みなおしてみる。うむうむ。わかりやすい。こういうのはご用件がわかりやすいのが大事だもんね。

今回はさみしくて書いたお手紙じゃないから、かっこいい封筒をえらんだよ。メイドがロウを垂らしてくれたとこにハンコをギュムゥーと押しつければお手紙完成。カンペキだ。僕、お手紙書くの得意かもしれない。

メイドが持ってる銀のトレイにできたてほやほやのお手紙を置くと、このあとなんかうまいこと連携して、遠くのステファンお兄様まで配達されるのだ。

トレイがすーっと下げられるのを眺めてた僕は、アッと思ってトレイをつかんだ。

その体勢のままメイドを見上げる。

「……あの、お姫様にお手紙書くのって、ブレイ？　しぬ？」

「しょ……っ!?　しょ、処されることはさすがにございませんでしょうが……」

僕にトレイをつかまえられたメイドが、助けを求めてキティを見た。

「ぼっちゃま。お手紙をお書きになっても、城で検閲をされますから、皇女殿下のお手まで届かないかと」

「そうかぁ」

ケンエツかぁ。そりゃそうだよね。お姫様にへんなお手紙読ませられないもん。

（海でナンパされるステファンお兄様……）

どうだろう。そういうのを地元の人たちに目撃されてウワサとか広がったら、お姫様はお兄様と結婚するのヤになっちゃうかも。貴族のウワサってびっくりするくらいすぐ広まるんだよ。スラムに住んでるトレーズくんも、貴族街にいるステファンお兄様たちの結婚のこと知ってるくらいだもん。

（ムムムムム）

アラベルお姫様はゲームでは勇者のパーティに選ばれるキャラクターだった。帝国のお姫様が勇者パーティのメンバーになるってことは、帝国か帝国のだれかと敵対してたってことだ。

（……ステファンお兄様と敵になる……）

僕、お姫様に会ったことは数回しかないけど、迷子の僕を助けてくれたときにおしゃべりして、やさしいのを知ってる。なんかムキムキになりたいみたいなお話をずっとしてたけど、ケーキくれたし、僕がお父様に保護されて帰るときに見送ってくれたお顔がすごくやさしかったもん。

大好きなステファンお兄様のお嫁さんは、アラベルお姫様がいい。もしふたりがケンカしたら僕がぜったいに止めるし、へんなウワサとか誤解があっても、ちゃんと仲直りできるようにがんばれば、平和なままふたりで結婚できるかもだもん。

（いまははじめの一歩の可能性……！）

ここで僕ががんばらないと、とんでもない未来になってしまうかもしれない。そう。お姫様が勇者パーティに入って、ステファンお兄様をボッコボコにするという未来。しかも負け確。ステファンお兄様は運命で負け確なのだ。

「んんんう」

「ぼっちゃま。婚約者であられるステファン様にお託《たく》しになれば、あるいは読んでいただけるかもしれません」

「んあ、ほんと！」

「はい。皇女殿下へ届くのは、ステファン様が直接お渡しになるときなので、先になってしまうかもしれませんが、トリアイナ家から送るよりは確実かと存じます」

「そっか。ん！　じゃあすぐにもうひとつ書くから、お届けするのちょっと待ってて」

僕は大急ぎでもう一通、お手紙を書くことにした。お姫様に送るから、便せんはきれいでかわいいやつを選んだよ。

内容はステファンお兄様がすごくいい人なこととかっこいいこと。僕にもやさしいし、ちゃんとしたオトナだし、真面目でかっこよくて頼れるお兄様で、好きになった人にちゃんと愛してるって言う人ですって書いた。

それからお姫様が僕のおうちにお嫁さんに来てくれたら、僕がすごくうれしいし、迷子になったときのお礼にアップルパイをごちそうしたいですってことも書いた。後半はうちのアップルパイがいかにおいしいかをちょっと長めに書いて、締めくくりました。

「ふう」

われながら食べものがおいしいのは、いいアピールだった。

お手紙を受け取ったメイドがお部屋を出ていくの見送り、僕は大きなお仕事をしたことに、お口から息が出ちゃった。

「結婚かぁ」

前世でも今世でも僕、結婚式は見たことない。参加したこともないけど、ご招待されたお歌とかうたうんだっけ。うーん……なに歌おうかなぁ。

机にヒジついてお顔をのっけて呟《つぶや》いたら、お手紙セットを片付けてたメイドたちがワッとなった。

「まあっ、ぼっちゃまもご結婚のお相手が気になるお年頃におなりにっ」

「ああ、なんてお可愛ら……ご立派な」

「ご安心くださいませ、お相手は旦那様がよくよく選んでくださいますわ！」

「お、おおー」

なんかすごい盛り上がってる。

楽しそうにキャッキャしてるから僕も中に入りたいけど、ちょっと話題がよくわかってない。キティもそわそわした様子で聞いてきた。

「ぼっちゃまは、どのような方がよろしいですか」

「……うーん……」

どんなとは？？？　僕、前世でも好きな子とかいなかったし、考えたことなかった。お友だちといるのがいちばん楽しかったんだもん。

みんなが期待した目で注目してるのが困っちゃう。

（ひねりだすべきだろか）

空気を読んでお答えすべきかな。好きな子とかわかんないって、子どもっぽくてかっこわるいかも。

（……けど、ウソついたり見栄張ったりしたら、悪い子の入り口になりそう）

ゾワワワとお背中が震えた。恥ずかしくても僕はよい子に、よい子になるのだっ。

かっこわるさを飲みこんで、眉毛もしょぼんとなってこたえた。

「わかんない」

したら、メイドたちは「あら～」というように目をカマボコみたいな形にしてお顔を寄せ合った。

なんかうれしそう。……なんだね!!

僕はちょっと納得いかない気持ちでクッキーをシャモシャモしたのでした。

†お父様に元気をおすそわけ

スッキリ起きて朝の準備をする。

今日はご用事ないし、とてもふつうの気持ちだったから、メイドが選んでくれたお洋服を着て廊下に出た。

僕の足が自動的に食堂のほうに歩いてくよ。毎日同じコースで動いてるから、ぼやっとしてても体が勝手に動くの。人間てふしぎだよね。

このときの僕は、ほんとにただ〝無〟だった。いつもの朝のルーティンて感じだったんだ。

「フラン！」

「んゥあい⁉」

だから、急にうしろから大きな声で呼ばれてすごくびっくりした。メイドたちもビクッとしたし、僕も体がぴょんとしちゃったけど、ちゃんとお返事してた僕、えらい。

ドキドキしながらふり返ったら、お父様が廊下の向こうから歩いてきてた。えっ、こんな、こんなお時間に会えるなんてめずらしい！

「んあーっ、お父様おはようございます！　ごはんですか⁉」

「うむ！　食堂へ行くぞ！」

「はいっ」

けっこう遠くに見えてたのに、お父様の一歩が大きすぎてすぐに僕のおとなりに到着！　僕を見下ろしてにっかりすると、ごいっしょに歩いてくれた。

お父様としてはたぶんゆっくり歩いてくれてるけど、僕にしたら速め。小走りまではいかない速め。

スフスフお鼻から息を出しながら歩いてると、お父様がまえを向いたまま聞いてきた。

「腹は減っているか！」

「は、……うーん……？」

はいってお返事しようと思って、でもよく考えたら……あれ？

僕は自分のおへそあたりにお手てを置いて考えてみた。おなか、どうだろ……起きたばっかりのおなかってすいてたかな。

むむむとしてたら、頭にお父様の大きなお手てがもぬん！　とのってきた。すこし絨毯に沈む僕。でもやさしくモミモミされるの気持ちいい。

甘やかされる気配に、うぇへへって見上げたらお父様も笑ってた。

「考えないでよい！　まずは食べたいものを食せ！」

「はいっ」

元気よくお返事したところでちょうど食堂についた。

使用人が扉を開けてくれて、決められたお席にすわる。今日はお父様と僕のふたりだけ。お席がちょっとはなれ気味だけど、ごはんのときひとりのことが多い僕にとっては、これでもすごくうれしいよ！　もうひとりいるってすごい！　テーブルに、お父様が、いる!!

チラチラお父様を見ながら、はじめのお皿がくるのを待つ。

香ばしくて甘い、いい香りがしてきて、メイドが繊細な模様のお皿を置いてくれた。うえにあるのは、つやつやの黄金《こがね》色した――

「アップルパイ！」

朝といったらこれだよね！　んあーっ今日もおいしそう！

たっぷりリンゴが入ったアップルパイは、ひとくち食べるとじゅわ～とリンゴの果汁がお口いっぱいに広がってくる。ごくんとするまで、リンゴとバターの香りがお顔ぜんぶを包みこんでくれるみたい……。

「んふぅ～」

これこれぇ。

かわいた朝のからだに沁《し》みわたりますなぁ……。うっとりしながら、二口目を食べて……なにか、なにかのいわかん。

ステーキを豪快に食べてるお父様に見つからないように、こっそりとシェフを見る。シェフはこのおうちでいちばんエラいシェフだから、僕たちのごはんの様子を見ててくれてるんだけど、なぜかいまは僕のことだけをすごく注目してた。僕が見たときにはすでにシェフのほうが僕を見てたからお目めパチッて合ったし……ニコニコしてるけどなんか、なんか、なんか。

（あ　や　し　い）

僕はアップルパイを見たあと、もっかいシェフを見て、目を合わせながらゆっくりとナイフとフォークを手に取った。……ドウヨウしてない。

つぎはしっかり目のまえのアップルパイを観察しつつ、ナイフでひとくちぶんを切ってお口にパクン。

「……」

お食事が始まってすぐのときは勢いで食べちゃうけど、もう二口も食べた僕は落ちついてる。

さわやかなリンゴの風味と、香ばしいバターの香り。パイはサクサクで、じゅわわわ～って果汁がひろがってくる。いつもとちがうのは、今日は赤いリンゴのカワんとこも入って……あっちがうな!?赤いの、土の香りする！

「シェフッ」

「はいっ」

ピンときた僕がシェフを呼ぶと、すぐに来てくれた。

見つめ合う僕とシェフ。高確率で開催されるシェフのアレンジレシピは、中身がわかんないことも多い。が、いわかんの正体くらいはこたえたい。

ドックン、ドックン……とお互いの緊張が伝わってくる……。

「シェフ、こたえは……赤いのがリンゴじゃない！」

「正解でございます！　ビーツという野菜をすりおろして入れてみました」

「しらないお野菜……!!」

当たったけどなにそれ!?　前世もいれて人生ではじめて出会うお野菜を、ここに入れて……原型も知らないやつだ！

ニコニコのシェフに、僕、正解したのに負けた気持ちでぐぬぬぬぬとしちゃう。

「フラン！　よく食べていてえらいぞ！」

ぶ厚いステーキを食べ終えたお父様が、つぎのステーキが焼けるまでにでっかいパン食べつつ褒めてくれた。僕の一皿目のナゾアップルパイも半分以上食べれてたから、食欲あるように見えたみたい。

「ぅぐあ、ち、ちがうのですお父様」

「食事が楽しめているのは喜ばしいな、フラン、よく食べよ！」

「グォォ……ッ」

うれしそうなお父様にビーツ混入事件をゆうなんてできない……！　このパイが土の香りしてヤダってゆったら、食欲をなくしたのか、ってお父様が心配してあたらしいアップルパイを手配してくれちゃうかも。お父様は僕がもぐもぐ食べるのをとにかく大事に思ってくれてるから、ありえなくない展開なのです。

シェフ、全体的な流れを読んでビーツってお野菜を入れたの……！

僕は下唇を噛みながら、ひとつめのナゾパイを食べ終えて、もう一皿のおかわりをしつつ、小声でシェフにお伝えした。

「もう一ピースはがんばるから、お昼はふつうのにしてね……っ」

「かしこまりました。ちなみに、ささやかながらお豆も入れておりました」

キレイに切ったパイを僕のまえに置いてくれたシェフが、さささささーってすごい速さで定位置にもどってった。

（おのれぇぇぇぇええええ）

置いてかれた僕はお豆味を探しながら、二皿目ももぐもぐしたのでした。

なんとかお肉料理を食べ、そのあとお父様といっしょに甘いデザートをちょっとだけ食べて朝ごはん終了。

ゆっくりお茶を飲んでおしゃべりって感じじゃなくて、お父様がお席を立つ気配を察知したので僕も空気を読んでおイスから立ち上がる。

「ぽんぽんだ」

急ぎ足でお父様のおとなりに行ったら、なんかおなか重い。

きのうの楽しかったこととか、お花の香りかいだこととか、お父様にいっぱいお話ししながら食べたから、思ったより食べちゃってたみたい。

ぽん、としたおなかをお手てでなでる。うむ。出ておる。

「腹が膨れたのは良いことだ！　よく食べたな！」

「んふふ」

褒められちゃった！

僕はお父様の横を歩きながら、ちょっとそわそわした気持ちになってた。

家庭教師もない日で、ふつうならこれからお部屋にもどって『今日なにしよかなー』って考えるお時間の予定だけど、もしかして……もしかしてっ。お父様もおうちにいる日では……!?

　コーフンにピッて鼻息が漏れたけど、いやいやいや、と首をふる僕。

　こうゆうときはだいたいヌカ喜びになるカクリツのが多いからね。ないコトから聞いたほうがダメージが少ないのを、僕は知ってる。知って……る!!

「あの、お父様は……これからお仕事ですか」

「うむ、街へ寄ってから城へゆく！　今夜は泊まりになるぞ！」

「んんう」

　ほらねー！　……ほら、ねー。

　だいじょぶ。ぜんぜんガマンできる、だいじょうぶ。だってお仕事ならしかたないもん。

　僕はお鼻がちょっとツンとしたけど、お手てをぎゅっとして耐えて、お父様を見上げた。

「お父様、おでかけのときお見送りしたいから、お仕事行くときに呼んでください」

「うむ！　わかった！」

　お父様も僕を見下ろして、しっかりうなずいてくれたのでガマンできる気持ちが大きくなったよ。

　朝来た廊下をもどって、僕のほうがお先にお部屋に入った。

　お父様、お部屋にもどってお城に行く準備をちょろっと整えたら、きっとすぐに出発するはず！

「キティ。おいそぎでご用意したいのがあります！」

　メイドたちをかき集めて、僕は大急ぎであるものをご用意する。これはけっこう大変な作業で、えらぶのにお時間かかっちゃう。バランスも考えるし、おリボンの色もだいじだ。

そうこうしてるうちに、お父様のとこの使用人がご出発のお知らせに来ちゃった。お手紙も書きたかったけどそれはあきらめだ……！

僕とメイドたちは急いで廊下を歩く。貴族は廊下を走っちゃいけないから、全速力で歩く！　そんでエントランスに続く階段は駆けおりた。ここは廊下じゃないからセーフセーフ！　でもメイドたちが「ぼっちゃま危ないですーっ」て悲鳴を上げてたから、ちゃんと手すりにつかまっておりたよ。

エントランスに到着したらすでにお父様はいなくて、どうやらもうお外に出て馬車のまえにいるっぽい。

「お父様っ！」

ビャッて玄関を飛び出すと、お父様はシツジといっしょに馬車のとこで待っててくれた。

「フラン！　父はもうゆくぞ！」

「はいっ。あの、お城にお泊まりってゆってたので、これ！　どーぞ！」

「ぬ？」

同じ速度でついてきてくれてたキティから、僕は小さい布袋を受け取ってお父様にお渡しした。この袋もえらぶのがんばった。きれいな刺繍《ししゅう》がされてて、そこそこ丈夫なやつが必要だったのだ。

お父様は赤いおリボンでむすばれた袋を受け取ってふしぎそうなお顔。膨らんでるわりに軽くてびっくりしたと思う。

「おやつセットです！」

「おやつか？」

「はいっ」

お花のかたちのクッキーとか、てんとう虫色のアメ、模様がかわいいビスケット。クリームがのったケーキは入れられなかったけど、僕のお気に入りのおやつばっかり詰め込んだよ。

お城まで割れないように、丈夫な布の袋に入れたんだ。

「たのしくて、かわいいおやつです！　僕が好きなのをいれたので、ながめながら食べてください。そんで食べておなかいっぱいになったら、さみしいのがちょっとなくなります。これは実証ズミです！　お城のお泊まりで、さみしくなったら食べてください」

フフフーン！　自信をもってオススメしちゃう。ほんとに効果があるんだ。なんたって僕がいつもやってるからね！

お胸をそらせてムフンッとしてたら、お父様が無言。

どうしたのかなって思ったら、手のひらに置いたおやつ袋をじっと見つめてた。あんまりにも袋を見てるから、お父様はオトナだから、おやつあんまりだったかなぁって少し不安になってくる。

「ぬう……っ」

と、お父様はお口からうめき声を出して一瞬般若《はんにゃ》みたいにお顔をぐしゃってさせた。ふへえ、こわあー……って思ったら、お父様が袋をシツジに丁寧に渡したのが見えて、つぎの景色は空中だった。

「ビュバン!?」

ものすごい勢いで、お父様に抱き上げられてた！

「フラン！　受け取るぞ！　寂しいときは必ずおまえたちを思い出そう！」

どうやら勢いあまって一瞬ほんとに空中にいたらしい僕は、お父様に両手でキャッチされたあと、すぐにぎゅっとされる。浮いたのもハグされたのも急だったけど、僕も一生けんめいお父様にしがみついてお顔をグリングリンにこすりつけた。お父様の大きなお手てで頭をもしゃもしゃにされるのが大好き！

「うひゅぱっ、んふふふ！　お父様、お父様大好きです！　お仕事いっちゃうのさみしいけど、大好きです！」

「うむ！　父も愛しておる！」

「フヒャー！」

わけわかんなくなるぐらいもっちゃもちゃになって、シツジが止めに来るまで好き好きしました！

ほっぺにいってらっしゃいのチュウして、お父様からも行ってきますのチュウをしてもらって、僕は馬車をお見送りしたのでした。

†皇子のお悩みを聞こうの会（がんばる！）

お父様をお見送りしたらもうやることがなかった僕は、庭園で絵本を読むことにした。動物が出てくる絵本だよ。やっぱりファンタジーの世界に生まれたんだから、ファンタジー感ある動物とか見たいもんねっ。あっ、殺意ギャンギャンの魔物じゃなくて、かわいいやつ！

「モモンガは、おかあさんとはぐれてしまったのです」

今日の絵本には表紙にモモンガが描いてあった。迷子モモンガのお話で、読んでるとモモンガのこともわかっちゃうというスグレモノ。シツジが選んでくれました。

赤ちゃんのときはお母さんのおなかにいて、大きくなると火山で暮らすんだって。そう。魔物です。無害らしいけど、魔法つかえるから魔物になるよ。あと大人のときの大きさがね、ベッドくらいあるんだって。

「そうして、モモンガはおかあさんと会い、あたたかい火山でくらしました。きっと将来は、火山くらい大きくなるでしょう！　おしまい！」

ぶじにお母さんモモンガに会えてハッピーエンドだし、学びのある絵本でした。衝撃的だったけど絵がかわいかったから満足。

「天からのおつげのように美しいお声でした！」

「ぼっちゃまのお声で聞くとより感動的なお話になりますね！」

「とても聞きやすかったです！」

ムフーッ。読み聞かせたメイドたちがめちゃくちゃ褒めてくれるから、僕の達成感もグングンになっちゃう。

休憩したら、もう一冊読んじゃおうかなっ。

いいタイミングで淹《い》れなおされたお茶が置かれたので、ひと息つく。大きい声でお話ししたからおのど渇いてたみたい。

「お父様、街でなにしてるのかなぁ」

大きい声といえばお父様。お父様、今日はお仕事のまえに街に行くって言ってたのを思い出した。

ケーキ屋さんに行くのかなってちょっと期待した気持ちでシツジを見た。

「学校の建設地の様子を見に行かれたようですよ」

「学校」

「はい。ぼっちゃまがお通いになられる施設ですから、安全などが万全か、基礎から確認しておいでです」

「ふぅん……、……ふうん!?　僕、学校に行けるの！」

アスカロン帝国にも学校ってあるんだなぁーへぇーぐらいの気持ちで聞いたけど、ちゃんとお話を飲みこんでみたら、びっくりした。僕もっ？　僕も行く学校です!?

首の角度がおかしくなっちゃうけど、シツジを見上げずにはいられない！　カッて目を見開いてシツジのお顔を見てたら、シツジがさりげなく二歩さがってくれた。うむ。首がつらくない。たすかる。

「まだまだ先のご予定でございますが、いつかはそちらでも勉学をなさるようにとのことです」

「ッハー！　そうなんだっ」

僕、学校にかようようになるんだ⁉　僕のおうちはすごいエラい貴族だから、家庭教師だけでなんかもうお勉強卒業ですみたいな空気なのかと思ってたのに。

(学校に、行ける……！)

前世でかよってた高校を思い出す。おうちから近くていいけど、不良まみれで毎日どっかでケンカがあるような学校だ。でもおともだちもいたし、不良の人も仲良くなるといい人だったりして、すごく楽しかった。

お父様が作ってるなら不良はいないかも。なら、おともだちができて先輩とも仲良くなれたうえで、お勉強もちゃんとできるってことでは……？

「んふ……んふっふっふっ……」

はかどる。お勉強がはかどる！　もしかしたらお船とかひとりで動かせるようになるかもっ。

そしたら勇者が帝都にきても、お船を運転しておとなりの国に逃げれるじゃんね。

ゲームでは悪役で、勇者と対立しちゃうお父様とかお兄様。勇者に負けるのがゲームの運命だったけど、お船でさっそうと助けに行く自分を想像したら、あまりのかっこよさに我ながらホレボレしちゃう。

「シツジ。僕、かしこくなるね！　安心してください！」

そのお船には使用人たちもみんなのせて逃げるからね！

大船に、……あっそうだ、ほんとに大船にのる気持ちになっていてもらって良いですよ！

「それは素晴らしいお志でございます」

「うんっ」

お鼻の穴を大きくして宣言したら、シツジはにこっとしてくれたし、メイドたちはすごい速さで拍手してくれて、キティはああーぼっちゃまがご立派で……！　って倒れてたよ。うむ。おまかせあれだ!!

もうだいたい将来の計画できたなぁって、安心して紅茶を飲んでると。お屋敷から使用人が走ってきた。シツジに耳打ちしてる。

「ぼっちゃま。ラファエル殿下がいらっしゃるようです」

「んあ。なんかひさしぶりだね」

「さようでございますね」

ラファエル皇子は、僕の幼なじみ。皇子様だしエラい人だからおともだちっていうと、なんか空気しだいでは断られそう。将来は勇者の仲間になって帝都に攻めてくるけど、でも、うん、おともだち！

あたらしくティーセットを用意するのかなと思ったら、皇子がそのままでいいよって言ってくれたらしくて、僕は庭園でステイ。いい感じに木陰の場所でよかった。

三十分くらい待ってたら、皇子がお付きを連れてやってきた。

「フラン」

「いらっしゃいませ、ラファエル皇子」

「うん」

ピャッと立ち上がってごあいさつ。あれ。なんか元気なさそう。

お席に座ってもらって、シェフが大急ぎで作っためちゃくちゃおいしいおやつセットをおすすめする。

「皇子、このリンゴジャムすごくおいしいですよ」

「うん、ほんとうだ。とてもおいしいね」

にこ。

将来は勇者パーティのイケメン枠で、そりゃあもうちゃんとイケメンにお育ちになるのがいまからわかる皇子の微笑《ほほえ》み。おだやかだ。おかしい。

皇子はイケメンだけど、僕のおうちに来るときはだいたいしょんぼりしてて、「なんか幸せなお話をして」とか「すごくおもしろいことはあったかい？」みたいなムチャなフリをぶん投げてくるんだよ。

なのに、うちのケーキ食べてニコッとしてる。こんな、こんなの……おだやかすぎておかしい！

ワナをはられてるような気がするけど、でもおかしいのに気づいちゃったし、あとやっぱりおともだちだし……気づいたのに聞かないのはお胸がもやもやする。

「お……皇子、その、なんかありましたか？」

「聞いてくれるか」

か？　のあたりでもう食い気味でお返事かえってきた。ぐぬぬぬ!!　やっぱりなんかワナにかかった気持ち……！

優雅にケーキ食べてたのがウソみたいに、皇子はナイフとフォークを置いてしょんぼりした。

「あ……兄上が……」

「ふい」

「兄上が、手を繋《つな》いでくださらない」

「ぉぉん」

皇子のお悩みは、九割くらいがお兄ちゃんのリオネル様のことだよ。ラファエル皇子とはお母さんがちがくて、リオネル様はつぎの皇帝になる予定の皇子様。

前まではあんまりおしゃべりもできなかったらしいけど、いまは仲良しになったんだって。ステファンお兄様が教えてくれるから知ってるよ。

「教会で大集会があるだろう。フランと兄たちを見て、いつも感じていたんだ。手を繋ぎ合う姿がうつくしいと……いや、正直に言おう、うらやましいと思った」

「手を繋ぐのがですか」

「そうだ。……兄上は、わたしの手をひいてはくださらない」

「それは」

そうでは……。

教会で貴族があつまる集会は、神官さまのお話がすごく長くなるんだよ。やさしい声でえんえんと昔話とかするから、だいたい僕は眠くなっちゃって、解散のお時間がちょうどねむねむに取りつかれてる最大のお時間になる。でも帰らなくちゃだから、僕がねむのままでも歩けるようにって、お兄様たちがお手てを繋いでくれるんだ。

「皇子、集会のときってどうなってますか。ええと、どうっていうのは、あー……眠いとか」

「帝国の建国記に関わるありがたいお話だから、寝不足の日であっても眠くなったことはないよ」

「おっふ」

「それに、となりに兄上がいらっしゃるし」

ちょっとうれしそうに皇子がはにかんでる。思い出しハニカミだ。

ねむねむ引っぱり作戦もダメかぁ。むむむ。難題だ。なんか、なんかないか。

僕は、お兄様たちがやるみたいにかっこよく腕をくんでうーんとした。

「お城で会うことはありますか」

「ああ。たまにだけれど、わたり廊下でお会いすることがある。お、お忙しいのに、わたしを見つけると少しお話ししてくださって」

「それ！」

皇子のお話を聞いてピンときた！

きゅうに立ち上がったから皇子がびっくりしてたけど、僕はわかってしまったのだ、解決策を！

「な、なんだい？」

「それですっ」

皇子はまだわかってないみたい。ぬふん、ではご説明しよう。

僕はくんだ腕をといて、ゆっくりと歩きだす。名探偵がやるみたいに、ゆっくりとだ。

「まず見かけたら早足でご挨拶とハグをしに行ってください。そっからちょっとお散歩したいですってお願いしてみたらいいと思います。そう、そのときにお手てが！　繋げるのです！」

パパーン！
我ながらかんぺきな作戦ができてしまった。腕をくんだり、意味ありげにゆっくり歩いてみたり、かしこい人とかかっこいい人がやってることのマネっこしたら、かしこくなるのかもしれない。これはすごい発見だ……！

「……フラン」

「はいっ」

頭のなかで、おでことんとんしながら名推理する刑事ドラマの音楽をながしつつお席にもどる。

これは皇子に褒められる展開だ。カンペキでぜったい成功する作戦だったもんね！

ふふふ～んと余裕でお茶を飲もうとしたら、皇子がじわじわとうなだれてくとこだった。

「ハグなど、ハグなど……できない!!」

拳をテーブルに置くと、わっと告白してくる。ドンとしないのが皇子らしくてすごい。くやしそうにぎゅっとしてるだけ。

しかしハグができないってそんな……作戦のワンステップ目なのに。

「……ハッ。護衛のひとにガードされちゃうとかですっ？」

僕とお兄様だったらハグできるのになと思ったけど、公爵家だからお城の皇子様たちよりマナーがゆるい可能性ある。

前世でも戦国武将とかは兄弟なのにふつうに戦いあったりしてたもんね。そういうのか……あああ～そういうのは気づかなかった！　僕のご提案で、皇子が「ぶれいものー！」ってお兄ちゃんの護衛に斬られたら大変だ……っ。

内心でものすごく慌てて、皇子のこたえを待つ。

皇子はゆっくりとお顔をあげると、テーブルに置いたお手てをそっとお膝にもどした。

「もちろん兄上には近衛がいるし、誰かが急に近づけば阻むのが彼らの仕事だ」

「き、きら、き、斬られちゃいます……っ？」

「斬られ？　まさか。そんなことはされないよ」

「んあーっホッとしたー……!!」

「けれど兄上とハグなど、近すぎて……おそれおおいし恥ずかしくてできない！」

「んうううううう」

そっちの理由だった！　もー！　よかったけど、解決しないやつ！

皇子ってリオネル様のコトものすごく好きで、好きすぎて、ちょっと変になってるぐらい好きなんだよ。ゲームでこんなにお兄ちゃん子だったかなぁ。

勇者の仲間になるのにふしぎだなと思ったけど、いまはそれより皇子のお悩み解決のほうが大事だ。

僕はふたたび腕をくんでう――ん。

「んあ、おてがみ！　おてがみはどうですかっ？　いっしょにお散歩したいですって書いてみるんです」

「手紙か」

「はいっ。お散歩したいです、大好きです、お手て繋ぎたいですって、すなおな気持ちを書いたらリオネル様も『そうしようかな』って思うかもしれません」

「……たしかに。す、好きと書く勇気はないけれど、尊敬していることをお伝えしたいとは、ずっと思っていた」

よしよしっ。

僕はいまだ！　と皇子のお付きに視線をむけた。

いけっ、いくのだ！　皇子のあと押ししてあげてください！

「素晴らしいお気持ちです！」

「ぜひ殿下へお伝えなさってください！」

「きっとお喜びになられますっ」

「そ……そうだろうか」

そうです！　って僕も声を揃《そろ》えてゆうよ。僕とお付きの皆さんの連携もうまくなってきてる。がんばれ皇子……！

「……うん、では書いてみようかな」

皇子がすこしほっぺを赤くして、前向きなお顔になった。ちょっとはにかんでるのがイケメンだよ。

それからどういう文がいいかのご相談が始まったので、僕はお付きといっしょに真剣に考えたのでした。

後日。

「ぼっちゃま」

シツジがめずらしくテンション高くお部屋にやってきた。

なんか大きい箱持ってる。うきうきのお顔。

「お城からケーキが届きました」

「んえ、ケーキ！」

お城のケーキだって⁉　そんなんぜったいおいしいやつじゃん！

木彫りの馬人形で遊んでたのを窓辺に戻して、急いでシツジのところに行く。

シツジはかがんで箱のフタを開けて見せてくれた。

「はい。贈り主はリオネル様で、『よくやった』との言付けがございました。大変光栄なことでございますね」

「んあああ～！　なにこれおいしそうっ！」

特にお手紙はついてなかったから『よくやった』の意味はわかんないけど、ケーキがきたのはうれしくてイェイイェイする僕なのでした。

†新しいお洋服を着て教会に行こう!

よく晴れた日。

今日は朝からみんなおうちにいるからごきげんの僕、公爵家三男7歳。

季節ごとにやる教会の大集会の日で、夏と冬は特に大きいのをやるんだ。帝都にいる貴族と、皇帝とかもヒマだったらくるくらい大きいやつ。

「うん。よく似合っているね」

「うぇへへへへへ」

集会に行くご用意を、セブランお兄様に手伝ってもらっております。なぜならこのまえお願いしたお洋服のお直しがおわったから!

二回試着して、セブランお兄様からオッケーが出たから、今日ついにお披露目。ちっちゃいころのステファンお兄様が着てたブラウスをお直ししたんだけど、見た目はほぼおんなじ。かっこいい石ボタンもぜんぶつけてあるし、お袖とエリのとこもおしゃれなまま。

「ンフーッ」

お気に入りのブラウスだったから、変わってなくて僕、大満足です!

鏡のまえで何度もお背中側見たり、お胸のボタンさわったりしちゃう。くるんくるんまわって全身チェックしてたら、あっ、てなった。

「セブランお兄様。すずしくなってる気がします!」

「生地を変えたからね。これなら夏も着られるだろう」

「ひゅふっ。お洋服あたらしいのうれしいです！　ありがとうございます！」

くるくるしたら涼しい風が入ってくるし、お袖伸ばしても手首んとこぴったりだし、最高である！

この方法を繰り返せれば、僕がオトナになっても、このステージお兄様お下がりブラウスをずっと着られるのでは……すごい。貴族すごい。なんでもできちゃう。

「あとほかに新しいデザインのものを九着作らせているから、それも夏に着るといい」

「き、きゅう……？」

たしかにあの日、裁断師のおじさんは僕の体の長さぜんぶ測ってたからほかのお洋服もつくれる。

僕、お兄様のお下がり服が好きだったから、自分用のお洋服ってあんまり作ったことなかった。それが一気に九着もつくられてるの!?　僕、前世でもひと季節にTシャツを一枚か二枚しか買わなかったのに……すごい、貴族すごいえぐい！

ふおおおおってしてると、キティが声をかけてきた。

「ぼっちゃま方。旦那様がお支度を終えられ、エントランスへ向かわれました」

「ンハッ。セブランお兄様！」

「よし、行こう」

お披露目会してたら遅くなっちゃったみたい。僕とセブランお兄様はお手てを繋いで廊下に出る。急がなくちゃだ！

お兄様に手を引いてもらいながら廊下を早歩きして階段のところまで来る。手すりから下にいるお父様とステファンお兄様が見えた。

「お父様ー！　ステファンお兄様ぁー！　おまたせしましたぁー！」

「うむ！　よい、走るでないぞ！」

手すりからニュッてお顔出して、いっかいごあいさつ。それからまた早足で階段まで回る。お顔見て走るなってゆわれたら、逆に急げ急げの気持ちがいっぱいになっちゃった。

左手でセブランお兄様の手をぎゅっとして、反対の手は階段の手すりに置いて駆けおりる。

「ベブルッ」

「あぶないっ」

着地したと思った足がグネッてなった！　んあー走るなってゆわれてたのにぃ……って一瞬走馬灯が流れかけたとき、セブランお兄様が繋いだお手てを真上に引っぱってくれた。浮く僕。

足が浮いて空中をスイスイッてしたけど、お兄様が腕をおろしてくれたら階段にちゃんと着地できた。ふひゃ……ヒヤッとした。

「セブラン、フランの手を離すなよ」

「はい、兄様。……フラン、大丈夫かい？　ゆっくりでいいから、階段は足元を見ておりるんだよ」

「あい」

階段のおり方を教えてもらう僕。７歳。前世高校生。申しわけない……。

「ぬう。フランには一段が高すぎるだろうか」

「まだ足も短いですからね」

シンチョーに階段をおりてると、お父様とステファンお兄様の会話が聞こえた。ぐぬぬぬ、足が短いというのは、あの、受けとめがたいアレだけど、でもたしかに僕はまだちっちゃいかもしれない。タシ、と一階について、セブランお兄様にありがとうございますってお礼をしたら、いっかいお手てを離してもらった。

「階段を造りかえるか」

「いっそ滑り台などを設置しては」

やっぱり！　大貴族のちょっとずれたお金持ちパワーが発揮されようとしている！

僕んちは大貴族でおうちも立派なやつだから、階段も手すりもデコレーションがすごくかっこよくておしゃれに作られてる。職人のタマシイを感じる仕上がりなんだよ。

台無しにさせるのはいかん。おうちでやるパーティーに来たお客さんたちだって、きっと「え？足が短いから、あのステキな階段を改造したの？」ってなる。僕もなる!!

(それを僕のうっかりのせいで……！)

すべり台は魅力的だけど、僕はまだ成長中だってことを、忘れてもらっては困りますな！

おうちを走ったらいけないけど、ここは走るべきところだと判断した僕は、ビャーッと走ってお父様に抱きついた。

「成長しますっ！　成長しますのでっ!!」

お父様のおなかのとこにおでこを押しつけて、僕の声よ届けという気持ちで大声で宣言する。で、見上げるとお父様はちょっと驚いてたけど、ニカッてして僕の頭に手を置いてくれた。

「うむ！　そうだな。大きくなれ！」

「ぅはい！」

元気いっぱいにお返事したら、ステファンお兄様も納得のお顔。階段改造計画は取りやめになったことでしょう。

僕がほーと息をついてると、追いついたセブランお兄様がまたお手てを差し出してくれたのでキュムとつないで、馬車に向かうのでした。


教会の最前列が、わがトリアイナ家のお決まりのお席である。

教会のいちばんエラい神官さまのいい感じのお話が始まると、位《くらい》の高そうな神官さんたちが僕たちの目のまえに立つから、うっかり目ぇ合ったり、うとうとしてるのを見られちゃうくらい近くて、けっこう緊張感のあるお席だよ。

でもまだ神官さんたちも来てないから、お席についてお兄様たちとおしゃべりできちゃう。お兄様に挟まれてお話しできるから、僕、このお時間好き。

「もう夏の集会か。早いな」

「そうですね。ボクとフランは、避暑地へ行く準備をしなくてはならない時期です」

「んあ、ヒショチ！」

「そうだよ。暑くなりすぎるまえに行こうね」

「んスァー！　虫取りしなくちゃ……！」

帝都はすっごい暑いとかすっごい寒いってはならないけど、夏は夏だし、お仕事がない僕とセブランお兄様は毎年三週間くらいヒショチに行くんだよ。

ステファンお兄様もお仕事あるけど、たまーに参加してくれる。去年は一週間くらいいてくれた。

「ステファンお兄様はヒショチきますか？」

期待を込めて見ちゃう。

「いや、今年は行けそうにないな。仕事だ」

「ぶひゅん……」

「ふふ。去年はステファン兄様に泳ぎ方を教えていただいて、とても喜んでいたものね」

ぜんぜん迷いなく行けないって言われたからしゃくれちゃった。けどお仕事ならしかたない。しゃくれは止まらないけど、あきらめられるよ。慣れてるもん。

お膝に手を置いて親指のフチを見てたら、セブランお兄様が笑いながら肩をなでてくれた。優しくなでられると、ちょっと泣きそうになる。なんかもっとなでられたい気持ちなので、くっついておきますね。

「ああ。そうだ、フラン」

「はい」

ステファンお兄様に呼ばれた。

「手紙をありがとう。しかと海の注意点について読んだ。私はこの集会のあとにアラベル姫にお会いするから、姫宛《あて》の手紙を渡しておく」

「お手紙……」

なんだっけな??

うーんと『海で布拾うと結婚してくださいってゆわれるから拾わないでください』ってお手紙は書いた。そうだ、そうだ。それで僕……なんでお姫様にもお手紙書いたんだっけ。

ちゃんと渡すぞ、みたいなお顔で見てくるお兄様の目をじっと見返しながら考えて、思い出した。

「あっ！　あれはぜったい、ぜったいに渡してくださいねっ」

お兄様が結婚しそうになっても、好きなのはお姫様だから安心してくださいって書いたんだった!!

海でのお仕事はまだ終わってないみたいだし、これからもステファンお兄様がナンパされるキケンがある。なにせイケメンだからね！

ハッとした僕が腕をつかんでしっかりとお願いすると、わかったってゆってステファンお兄様は笑ってた。

そうこうしてると、ついに白いローブ姿の神官さんたちがゾロゾロと現れて、僕たちのまえに立った。スタンバイができたところで神官さまの登場です！

「本日は夏の暑さにちなみ、火山の聖霊と魔物のお話をいたしましょう」

いつもありがたいお話を聞かせてくれる神官さま。大集会のときは子どもでもわかるように、やさしい言葉で昔話とかを聞かせてくれるんだよ。今回はドラゴンだそうです。これはファンタジーで気になるテーマだ！

「かつて世界には多くのドラゴンがいました。そのなかで、とても力が強く、暴れて手がつけられないドラゴンは燃えるように赤く、住処《すみか》は火山――」

今回はうとうとしないで最後までお話を聞けちゃうかも。

姿勢を正してお話を聞いてると、神官さまのうしろにそびえてるステンドグラスがなんか気になってきた。お外からの光でキラキラしてるんだけど、そのキラキラが神官さんたちの白ローブに映っていい感じなの。おしゃれになる。

(んあ)

そんで気づいた。ステンドグラスの柄……角度によって色変わるっぽい。

(体をこうして、こうだと……ふへあー青が黄色に変わるんだ。キレイ)

何回も通ってたけどこんなん気づかなかった！　手品みたい。

僕のまえに立ってる神官さんのお背中には、緑とかピンクの光があたって、お花みたいでかわいい。目が合ったので、僕は目をキラキラさせて、いい感じですよ、を声は出さないようにしてお口だけでお伝えした。ちょっと戸惑った表情されたからうまく伝わらなかったかも。あとでちゃんとゆってあげよっ。

教会のあたらしい楽しみ方をみつけてしまったなぁ。

(そういえば、色が変わる鳥さんどうしてるかなぁ)

色が変わるといえば、数週間前に僕のお部屋の窓辺にいた鳥さん。あの子も色が変わってかわいかった。

おうちで少し調べたけど結局わからなくて、なぞの鳥ということにしたんだよ。

神官さまたちのうしろで七色に光るステンドグラスをきれいだなぁって眺めてたら、ピンク色の光が多くなって、そんで――。

「……ラン、フラン」

「ンパっ」

セブランお兄様にやさしく揺すられて目が開いた。

もう神官さんたちいなくなってて、みんな帰りのご用意でざわざわしてる。

「ふふ、寝てしまったね」

「んぬぅ……すみません」

セブランお兄様がハンカチでお口を拭いてくれる。およだ出てた……。

今日は寝ないと思ったのに寝ちゃって、自分でもびっくり。もそもそと立ち上がる。

「フラン、歩けるか！　馬車までがんばれ！」

「うあい」

僕たちも教会から出なくちゃだ。

まだおねむなのをお父様に励まされ、ステファンお兄様にお手てを引かれながら歩く。んぅーまぶたくっつきそう……。

「ステファン兄様。下手《しもて》に聖女候補の娘がいましたね」

「講話を聞きに来たのだろう。将来は皆の前で自らも行うことだからな」

「我々よりもまえから祈っていましたよ。真面目な気質のようです」

「問題を起こさない娘であるのは、教会にとっても良いことだろう」

うっすら聞こえてくるこわいワード。聖女さんが来てたらしい。正式に『聖女』になるのは年末ぐらいって聞いてたけど、もう教会に通ってるって……真面目な人をこんなにこわく思う日が来るなんてね……へへ。神官さまのお話聞かないで寝てるワルい子って思われてたらどうしよ。ぐぅぅ。最前列ってこういうピンチがあるのか。

ぼやっとした頭に、ゲームで聖女に魔法封じられてボコボコにされてる〝僕〟を思い出しながら馬車にのせてもらう。

「フラン。目は覚めてきたかい」

「んぬ、はい……施しのやつやります」

「父とステファンは教会へ戻る！　しばし待っておれ！」

「はい。行っていらっしゃいませ、父様、兄様」

お父様たちをお見送りして、あくびをしたらだんだんすっきりしてきた。うしろの馬車からスラムの子たちがお恵みくださーいってゆってるのも聞こえる。

キティからクッキーの入ったバスケットを受け取って、窓のお外を見る。

（んあ、トレーズくんだ）

スラムの子を引き連れてきたのは、やっぱりトレーズくんだった。トレーズくんはスラムではお兄ちゃん的な存在らしいもんね。

そろそろ僕たちの馬車の番だ。窓を開けると、遠くのトレーズくんと目が合った。セブランお兄様がいるし、お手てを振ったりはできないけど、なんとなく通じ合えてる気がする。

僕はバスケットを抱えなおし、お行儀よくお菓子を回収しにくる子たちを待つのでした。

閑話　お城の人たち

アスカロン帝国のシンボルたる剛健で立派な城の奥には、皇帝の居室の区画がある。皇子らもまた同じくそこを住まいとしていたが、離れた場所に置かれているため彼らが顔を合わせることは稀《まれ》であった。

「これを、兄上に届けて……いや、やはりやめておこうか……」

帝国の第二皇子ラファエルは8歳。

昨日から途中まで書いてはやり直し、書いてはペンを止めてうなだれるという行為を繰り返し、やっと完成した手紙を両手で持っていた。あとは侍従に渡して兄のリオネル皇子に届けよと命じるだけだったが、眉を八の字にして言い淀《よど》み、最後にはまだ幼い胸に抱えてしまった。

「ラファエル様、そんな……！」

「お渡しすべきですっ」

「ぜったいにお喜びになられますから……！」

侍従を筆頭に使用人たちがすがりつくように慰め励ます。皇子が書いてはペンを止めるときも、うなだれて泣きそうな顔になっているときも、常にそばですべてを見守っていたのだ。

愛する彼らの皇子があんなにも一生懸命書いていたのだから、出来上がった手紙は完璧以外の何ものでもないはずである。

何よりも幼い皇子が心を込め一文字一文字書いていた手紙を、なんとしてもリオネル皇子に見てもらいたい。そう、最悪読まなくてもいい。ぜったいに見てもらいたいのだ。

侍従たちの必死な様子に、心優しいラファエルは自分の葛藤と羞恥心を胸にしまった。

「わかった。けれど兄上には、急ぎではないと添えて渡してくれるかい」

「かしこまりました！」

侍従に手紙を渡すけれど、皇子の指には無意識に少し力が入り、スムーズに渡せたとは言えないものだったが、侍従の力のほうが勝っていた。

「ああ……」

見たことがない大股で部屋から出ていく彼らの背を見送り、ラファエルからは、胸にしまったはずの後悔が口からため息になって出ていった。

その後は勉強の時間も自習の時間も、常に手紙のことが頭をよぎってしまう。そして夕刻になり、やっと一人になれた皇子は両手で顔を覆った。

「……恥ずかしい……書き直したい……」

友に言われて勇気を出したが、あの一文はいらなかったのではないか、変なことは書いてなかっただろうか。もはや何を書いたかも思い出せなくなってきた。

ラファエルは浅い息で一日を過ごしたが、その日のうちにリオネル皇子から返事が届くことはなかった。

二日後。

ラファエルは妙に晴れやかな気持ちでいた。

手紙を届けたけれど、兄上はこの国の第一皇子で忙しい。

つまりまだ読んでいないのかもしれないし、手紙が書類に紛れてもう二度と見つからないかもしれない。

そう考えると、気が楽になったのだ。

「せっかく言ってくれたフランには悪いけれど、私にはもう少し時間が必要だったのだな」

自分には少し難易度が高かった。来年くらいにもう一度挑戦しよう。

さて、今日はなんの勉強をするのだったかなと机を確認していると、侍従が慌てたように部屋に入ってきた。

「ラファエル様。リオネル殿下がお呼びでございます」

「あ、兄上が」

ドクンと心臓が脈打った。後頭部に冷や汗がにじみ、同時に湧き上がる不安と期待。

ラファエルは震える息で深呼吸をすると姿勢を正した。

「行こう」

近衛たちが開けてくれた執務室の扉。その先へ進むのがこんなにこわいだなんて。

ラファエルは自分でも意識しないうちに、ドクドクと鳴る心臓に手を当てていた。侍従たちを見上げ、彼らの力強い頷《うなず》きにふぅと息を吐くと、一歩を踏み出す。

「あ……兄上、お呼びでしょうか」

「あ、ああ。来たか」

「はい」

一生分の勇気で声を出すと、尊敬してやまない兄上は朝の光を背にして振り向いた。

そして机をゆったりとまわり、ラファエルが立つ入り口まで歩いてくる。

「行くぞ」

「はい……？」

リオネル皇子はラファエルに一言かけると、執務室を出ていく。

どこか目的地があるらしい。慌てて追いかけるが、リオネル皇子は幼いラファエルと歩調を合わせようと、何度も弟皇子の様子をうかがっていたのですぐに追いつくことができた。

並び立って歩く皇子兄弟。

居住区画に入ると、使用人たちはみな世話係ばかりになる。皇子たちが歩くと壁際に立って頭を下げ、微笑《ほほえ》んで道を開けた。

「し……。城は広いな」

「はい。とても広いです」

「そうだな。疲れたら言いなさい」

リオネル皇子はぽつりぽつりとだが、声をかけて気遣ってくれる。それが嬉《うれ》しくて、ラファエルはずっと胸にあった不安が消えていくのがわかった。

廊下をしばし行くと渡り廊下に出た。たまに兄弟たちがすれ違い、挨拶ができる廊下だ。

どうやらリオネル皇子は、ここから庭園へ向かうらしい。脇の小上がりの階段を降りていく。

「ラファエル。階段だ、気をつけなさい」

「はい。ありがとうございます」

ラファエルは手すりをしっかりと見て握って降りた。憧れの兄のまえで無様に踏み外さなかったことに安堵して、兄を見るとぎこちなく微笑んでいた。

心配をかけてしまっただろうか……？

穏やかに晴れた空の下で、皇子兄弟は庭園に向かって歩く。私的な庭園は、表とは違った趣だ。先代の皇妃の趣味で道も花も、森や野原のようにされてわざと整備しきっていない。

「ラファエル。ここは少し坂になっているようだ」

「はい」

たしかに傾斜がある。ラファエルは真剣に足元を見て、慎重に歩いた。

小石もない歩きやすい道に入り、やっと兄を見つめることができる。と、リオネル皇子は何かと腕を組んだり、腰に手を当てたりと、落ち着かない様子だった。

（お仕事でお疲れなのだろうか）

書物のお仕事も多かった。腕が疲れるのも納得だ。

この先には四阿《あずまや》があった。季節の花に囲まれてリラックスできる、ラファエルも気に入りの場所だ。

もしかしたら兄上もその場所を知っているのかも。そしてそこに向かおうとしているのかも。

同じところで過ごしていたことがあったのかもしれないと思うと嬉しくなって、ラファエルはうつむいて密《ひそ》かに頬を赤らめた。

「………」

「………」

たどり着いたのは、やはりあの四阿だった。

ふたりでクッションの敷かれた椅子に腰掛けると、見計らったように使用人たちが紅茶の用意をし始めた。

「花の盛りだな」

「はい。良い香りがします」

「うむ」

少し湿度の高い季節。花の香りがよく広がる。

ラファエルはカップの紅茶を見つめ、それから腹に力を込めた。頭の中で友のフランが、「気合いだー！」と叫んでくれる。

「あの、兄上」

「なんだ、ラファエル」

「今日は……今日は、散策にお誘いくださったのでしょうか。それならば、とても嬉しいです」

「あ、ああ。手紙を読んだ。ラファエルから提案してくれたことが嬉しかった。忙しく、返事を書く間がなく誘ってしまったが、その、よかっただろうか」

「はいっ、とても！　……とても嬉しいです。しあわせな日です」

「そ、そうか。……私もだ」

「兄上……」

「ゴホンッ。……ラファエルは、どの花が好きなのだ」

しばし見つめ合っていたが、リオネル皇子がわざとらしく目をそらした。ラファエルもハッとして、赤く染まった頬に手をやる。

質問、そう、質問に答えなくては。

「どの花、ですか。ええと……そうですね、花弁の色がはっきりしたものや、白が美しい花が好きです」

「そうか。あそこの百合《ゆり》はまさに白いぞ」

「わあ……大きいですね。立派です」

四阿の少し先に百合園がある。先々代の皇帝が好んだ花らしい。

「うむ。あの百合から香りが流れてきているのだろう」

「木ではないのに、力強いのですね。……兄上のようです」

「うん？　なんと言った？」

「立ち姿が、りりしく、かっこうよいと」

「ふふ。そうだな。草花なのに、どの花よりも強そうだ」

「っはい、まさに」

兄上のようです、とは伝えられなかったが、共通の気持ちになれたことに胸が高鳴る。

「もう少し、近くへ行ってみようか」

「はい」

リオネル皇子が立ち上がるので、あとに続こうと立つ。と、先に四阿を出たリオネル皇子が、ラファエルへ向かって手を差し出してくれていた。

「……ぁぇ」

「段差がある」

ちらりと見ると、指二本分ほどもない段差が確かにある。

ラファエルは兄の手と足元を何度も見比べ、おずおずと自らの手をリオネル皇子の手にのせた。するとすぐに兄上が手を繋《つな》ぐように握り直し、優しく腕を引いてくれる。

「間近で香る百合を、ともに楽しもう」

「は……はい……っ」

「……よし」

段差はこえた。けれど手は繋いだまま。

ラファエルは兄と手を繋いで、百合の香りを探しにゆっくりと庭園を散策するのだった。

第2章　飛ぶのがじょうずだからトビマル！

†着々とレベルが上がってる、僕の勘では

青くてふわふわな芝生の上をゴロゴロロロロ……！　ところがる僕。公爵家三男7歳。

お庭に剣術のししょーが来てくれております。

あたらしいワザをおぼえようと思ってご相談したら、おケガしないように地面は土じゃなくて芝生がいいってことで、お庭でしゅぎょー中だよ。

ころがり終わったところでお空をながめる。

「あばー」

あたらしいワザ『転がったあとにすぐ起きる』を、がんばってるんだけど、ぜんぜんうまくいかない。まずころがると疲れちゃうし、それにくわえて、なんでか芝生が冷たくて安心しちゃう。もっと正確にゆうと、ちょっと寝てたいなって気持ちになっちゃうの。平和な気持ちとは裏腹に、いまの僕の見た目は『ぐわーやられたー』って仕上がりになってると思う。人間てふしぎ。

「今日も転がり方が元気ですな。お上手ですぞ」

「むぐぅ」

ころがりを褒めてもらえたけど、そうじゃない。僕はピッて立ちたいのだ。

勇者とバチバチにやったときにグワーってしてたら負け確定だもん。いまのままだと、負け戦のあとハーツくんとサガミくんに回収されて「おぼえてろよ～！」って捨てゼリフを吐く悪役の練習にしかなってない。

僕は芝生の気持ちよさを振りきって立ちあがり、軽い木でできた剣をかまえた。

「ししょー、もっかい！　……ぅえーい！」

「はい、右から風が来ましたよっと」

「んえ？　ばっ……んあああああ～！」

ししょーがゆったあと本当に右側から風がふいてきた。え～予言じゃんししょーすごーい！　って思ったのが一秒。ししょーに剣でポインと足をすくわれるのにその半分。

結果、ゴロゴロですよね！

ごろり……と仰向けに倒れたらお空が見えちゃう。

「うぬううう風……！　風にやられました……っ！」

くやしいっ。大の字になったまま、自動車のワイパーみたいに両手と両足をウィンウィンさせる。

芝生さらさらで気持ちいいいいグォォー！

油断してた自分にも腹がたってプンプンしてたら、ししょーに笑われた。

「戦いの場にも風や雨が降る。いつも穏やかな天気とはいかない中で、いつもの剣を振るう。剣術の奥深いところです」

「むう」

イチリある。

僕は自力で立ち上がって、芝生がついたお膝をポンポンした。

「ししょー。勇者も、雨のときは調子わるくなりますか?」

「ほっほっほ！　勇者が雨で弱くなるとは聞いたことないですが、勇者とて人。あり得るかもしれませんな。いやいや、おもしろい発想をなさる」

「ふへへ」

褒められた。

勇者だって元々はふつうの村人なんだから、雨とか風が強い日はお外出るのちょっとめんどくさいって思うかもだ。もしお外に出て、たまたまいた悪役の中ボスとかをボコボコにしたとき、地面が雨で濡《ぬ》れてたら……風で目にお砂が入ったらどうでしょうか！

（めんどくて追いかけてこない……！）

天才だ。僕の天の才が発揮されてしまった。

つまりお外に出るときは天気悪い日がいい。僕はどろんこの中でころがるとか気にしないほうだから、ボコられたあとにすぐ立ち上がって全力で逃げれば、逃げきれる！

ころがりまくって疲れてたけど、そう思ったら元気出てきた！

「しかし勇者ほどになると、雨をも味方につけるやもしれませんな」

「ぐへぇ……！」

ししょーの一言がクリーンヒット！　ノックアウト。フラン選手ノックアウトです……っ。

僕は立ち上がってたんだけど、お膝から倒れるとうつ伏せでほっぺを芝生につけた。

「だめです……ししょー、今日はもう。今日はもうだめです……」

「おや、気力がなくなりましたな。怪我《けが》をなさる前に、これにて終《しま》いとしましょう」

「あい……ありがとうございました……」

「はいはい。また次回がんばりなさい」

芝生に埋まったままごあいさつしちゃう。ししょーは優しいから、こんな格好でも許してくれるよ。

ししょー大好き……。

「あ、ししょー」

大好きと思ったらししょーにご用事があったのを思い出した。よっこいしょいって体を起こし、正座してししょーを呼び止める。

「ししょー。お菓子あるから持って帰ってください。なんか最近やたらシェフが作りすぎてて、お菓子がめちゃくちゃあるんです」

「天下のトリアイナの菓子ですか。ありがたい。茶飲みじじい達といただきます」

「はい！」

しゅぎょーまえからメイドにお菓子ボックスを持たせてたんだった。ホントはしゅぎょー後のお茶会に誘いたかったけど、ししょーって趣味が多くてだいたい予定が詰まってるんだ。87歳のおじいちゃんなのにとてもアクティブなのです。

なので僕特製のお菓子ボックスをご用意していたのだ。メイドはししょーに木箱を渡してくれて、

ししょーも受けとったあと、僕に礼をしてくれました。

おいしく食べてくれるといいな！

†おとしものを届けるところがありません……！

しゅぎょーが終わったらお風呂に入る。お部屋に戻ってきたころにはもうヘトヘトで、しゅぎょーの日は午後ずっと寝てたりする。

今日もお決まりのコースをたどって、ぐっすりお昼寝してた。

「へふ」

目が開きました。

だいたい一刻（二時間）ぐらい寝ると目がさめるよ。僕のお部屋に時計がないからよくわかんないけど、おそらく一刻くらいたったんでしょう。僕、お目覚めである。

ランチのお時間になるかなと考えつつ、おなかのすき具合をチェック。……うむ、すいてる。おなかペコペコすぎると、シェフの出したナゾパイを一気に食べちゃうから、いまくらいのすき方がベストだ。

ぐぐーっと伸びをしてベッドからおりる。まだメイドが来ないので、僕はとことこと窓辺に行き、カーテンを開けてお外を見た。思ったとおりのお昼の明るさで、ちょっと安心した。たまにすごく寝ちゃって夕方のこともあるからね。

「んあ。また馬車だ」

お荷物をつんだ荷馬車が、おうちの入り口から走ってきてる。

春ごろからだったかな。すごくお届け物が多くなってるんだよ。メイドの噂《うわさ》話を聞いたところ、たぶん結婚式の準備？　らしい。

今朝も三台ぐらい来てたのに、いま庭園まえを通る馬車もお荷物パンパンにつんでる。前世では余裕でアウト、一発で警察案件なお荷物のつみ方。たぶん、あんなでも落とさないって確信があるからやってんだろうなぁ。

ハラハラヒヤヒヤはするけど、なんとなく安心した気持ちで眺めてると、横っちょのちっちゃい箱がころりんって落ちた。

「あっ」

生垣のふさふさにポインってしたと思ったら、葉っぱに吸いこまれるみたいに落ちて見えなくなった。

ええ……ぜんぜん落ちるんじゃん。ええ……。

落ちないわけじゃなくて、落ちてもいいやっていう、あのポジティブな外国のマインドで運転してたのかぁ。

びっくりしちゃう。でもまあ小さいから、ほんとに気にしないのかもね。

僕はぺぺぺって寝室の扉にむかい、リビングにお顔を出す。

「キティー？」

だいたい僕が起きてくる時間には、キティとかメイドがスタンバイしてるリビング。本日無人です。

「めずらし」

パタンと扉を閉めて寝室に戻る。誰もいないリビング、なんかこわ……。

小走りで窓辺に戻り、背の高いカーテンを全身使って開けた。明るいのって安心するよね！

こっからは慣れた手順。カギ開けて窓開けて、スキマからお外に出る。静かに閉めて、小さいテラスを歩いて手すりをまたいだら、不規則に飛びだしてるオシャレデザインのタイルを降りてく。そしてお庭に着だ！

おしのびのときは右に行くけど、今日はまっすぐお庭を抜けてくよ。

「ここらへん」

馬車がお荷物を落としたあたりの垣根に来ました。うえから見てもなんにもない。横から見てみるけど見つかんない。んーん？　すとんとしゃがんで、垣根のスキマをようく観察したら、あった！　枝に引っかかってる。

木箱はお部屋から見たときより少し大きめで、僕がちょうど片手で抱えるくらい。誰か呼ばないといけないかと思ったけど、僕ひとりでもできそうだ。

僕は腕をぐーってのばして箱の救助を開始！

見た目より軽いけど、枝が！　細い枝がめちゃくちゃ腕に引っかかってくる！　長袖着ててよかったって思うくらい。垣根にお顔がくっついちゃいそうになったときにやっと箱がつかめて、こっち側に引きよせることができた。

「ふはぁ……いがいとたいへんだった」

苦労して取れた木箱を両手で抱え、箱のぶじをたしかめる。枝のガサガサでこすれたアトはあったけど、クッション効果もあったみたいで欠けとかはなし！　大丈夫そうだ。

スフッとお鼻から空気をもらして、僕は気合いをいれた。

「よい子はおとしものをひろったら、届けてあげちゃうんだよ。よい子だからね！」

もしこの箱を見逃してたら、ワルい子ルートに入っていたかも。ワルい子ルートなんて、もうそんなん即〝じ〟だからね。よい子ポイントはこまめに、そんで日常的にかせいでいくのがただしい生存戦略と思う。

とりあえずシツジかキティに渡せばいいかな。と、箱を抱えなおして、いわかんに気づいた。

「ぬくい」

ただの木箱なのにぬくい。あとぎゅびぎゅびぎゅびぎゅび聞こえる。押すと音が鳴るおもちゃの、調子悪いときに出るような音……なにこれ。

お胸がドキドキしてくる。この箱……きゅうに緊急感だしてきた……。

僕はもっかいしゃがんで、地面に木箱を置いた。カギは簡単なやつで、ひねって押しあげるとフタが開いちゃう。

こわくなってお鼻の下と首が伸びるけど、そーっとそーっと開けてく。僕、好奇心がお手てに宿りがちなもんで……。

「わっ！」

「ギュビビ」

ワタにくるまれて、ギチギチ鳴いてるちいちゃい生き物。

茶色くてちいちゃくて、お目めが大きくて、さいきん絵本で見た動物に似てて……。

「ええ……ええぇモモ、なっ、え、えええ？　モモンガっ？」

僕を見て、バッて両手広げて威嚇してきた生き物は、ふわふわの飛膜がついたモモンガだった。


木箱を持ったまま立ちつくしちゃう。

「……ぬいぐるみじゃないよね」

モモンガは木箱のやわらかそうなワタのなかで、ちっちゃいお手てをぎゅっとさせてギチギチゆってるけど、おなかむけて寝たままだし、起きて飛んでく様子はない。

こういうおもちゃのぬいぐるみってゆわれたら納得のやつだ。

とりあえず部屋に持って帰ろうと歩きだす。ぬいぐるみかもだけど、ゆらさないようにお手てをまっすぐに固定して、ゆっくりゆっくり歩くよ。

そのあいだもモモンガは僕をずっと見てくるけどぜんぜん動かない。お庭につくころになって、黒くて大きいお目めがすこし眠そうに細くなってきたくらい。

（…………電源がオフりそう、とか）

自動スリープモードみたいなやつかもと思って、僕は指をモモンガのあんよにおそるおそる近づけ、ちょん……とさわった。

「ギュビビ！」

「あっそうだよね！　いきてるよねっ、ごめん！　んええええ……どうしよぅ」

あんよをビクッてさせて、モモンガは体を丸めて怒った声を出した。そうだよねっ、この世界で電気とか電池とか聞いたことないもん！

（なんかぬくかった気もするし、この子はぬいぐるみじゃ、ない……）

そう思ったら、ドッと体が熱くなってきた。あとすごい不安が湧きあがって、呼吸がはあはあしてくる。僕、こんなやわらかくてちっちゃい生き物を、こんなに間近で、こんなに長い時間さわるの、前世も今世も初めてなんだ。バッタとか虫とかとちがう緊張感に息がへたっぴになってきた。ふあああーっなんかこわいいいい……！

「ぼっちゃまー！　どちらにいらっしゃいますかー！　ぼっちゃまぁー！」

「キッ、キティー！　お庭ぁー！」

お部屋から聞こえてきたキティの声に即座にこたえる。お部屋を抜けだしたとか、もうそうゆうのはなんにも考えられない。とにかく誰かに来てほしい……っ不安だよぅ！

キティはテラスから見下ろして、箱持って泣きそうになってる僕にめちゃくちゃ驚いたお顔してた。

キティとメイドたちは大急ぎで来てくれた。

僕とモモンガと見たメイドたちは「ええ……」みたいな戸惑ったお顔したけど、まずはお部屋に戻ることになったよ。

フタを閉めてモモンガを隠す。僕担当のメイド以外に見られるのがどうかなって思って。箱を持ってくれようとするメイドさんたちに、大丈夫です大丈夫ですってゆって、僕たちはいつもの三倍の時間をかけてお部屋に戻ることになりました。

しっかり扉を閉めたのを確認してから、リビングのテーブルの上に木箱を置く。運ぶ間に静かになった箱を、ドキドキしながら開けると、モモンガはすやすや寝てた。

「献上品ではないでしょうか」

「けんじょーひん?」

キティたちもモモンガを見て首を傾げてたけど、運んできた馬車から落ちたんだよってご説明したら、それなら納得みたいな反応。

けんじょーひんってなんだろか。

「ステファン様への贈り物でございます。本日の荷馬車はすべて食材のはずですから、おそらく滋養に良いものか、高級食材の魔物のモモンガでしょう」

「ま、魔物!?　……たっ、食べるの!?」

思わず箱を引き寄せてお膝に抱えた。

「はい。どのようにしてかはわかりませんが、食材のひとつでしょう」

「だ、だめだよ！　こんな、こんな生きてるよ！」

「はい」

みんなからそうですね、生きてますね、の反応を返されて「アッ」となった。たぶんだけど、アスカロンってペットって概念がうすいの。メジャーな生き物といえば魔物で、魔物は狩ったり狩られたりの関係だし、お肉食べたかったら森で狩ってくるかぁー、みたいな感覚がすっごいあるっぽい。だから、こんなにフワフワでかわいくても、食べ物ですってゆわれたら受けいれちゃうのだ。

「グギギギィ」

「ぎゅびび」

　箱をゴザザって動かしたからモモンガが目ぇ覚ましちゃった。相変わらず裏返ったままお手てをぎゃっとさせて威嚇してくる。怒ってるのに、寝起きで眠そうなのがかわいい。僕のお胸がきゅーっとなる。

「だいじょぶ。僕がまもるからね！」

　通じてるとは思えないけど、とにかく力強く自信を持ってモモンガにゆった。

　食材派のみんなを見るとこめかみからゾワッて汗が出たけど、なにがなんでも説得しなくてはならん！

　僕は箱をお胸の高さまで持ちあげて抱きしめると、キティたちに真剣なお顔で宣言する。

「飼う！　この子は僕のペットにします！」

「ぼっちゃま。お忘れかもしれませんが、絵本にもあったとおり、モモンガは火山でも生きられる大変強い魔物でございます。屋敷に魔物を置くのは」

「ちいさいもん！　魔力もないもん！」

「たしかにいまはステファン様の結界をすり抜けるほどの弱い魔力でしょうけれど……」

「キティ……！」

ヤだ！　正論ヤーです！　ぜんぜん説得できなくて、泣きそうになる。僕はあんまり頭が良くないから、しっかりした大人たちを丸めこめる言葉とか知らない。知らないから、もうお願いするしかできない……っ！

箱を抱きしめて、お願いってゆうけど響いてなさそうだ。

どうしよう。

（……脱出……！）

おとなりの国に脱出するのはもっと先の予定だったけど、モモンガが食べられないようにするにはいま行くしかないかも！

お兄様にもお別れゆってないし、さみしい気持ちがワッとなるけど、

（けどモモンガのいのちのが大事……！）

頭のなかでめまぐるしく脱出計画が描かれだした。準備できてないけど、これは行くっきゃない。

震えるように息を吸ったら、キティたちからも呼吸が聞こえた。なんか、覚悟をしたようなフンッて呼吸。

お顔をあげてキティたちを見たらキリッとしてた。

「……わかりました」

「へあっ、い、いいの！」

「けれど飼えるのは幼体のあいだだけです。成体になってからは屋敷に置けぬと存じます」

「なんで……？」

「魔物だからです。それも火山にたえうる強い魔力を帯びる魔物。ステファン様の結界が満ちたここではモモンガ自身が苦しむことになるでしょう」

「え、いまも苦しいのかなっ、だからぎゅびぎゅび鳴いてたのかなっ⁉」

箱のなかのモモンガを見る。モモンガは裏返ったまま、目を細めてスコスコおなかを動かして呼吸してた。

僕が持ったままだとゆれて気持ち悪くなっちゃうかもと思ったからテーブルにもどす。飼うことが決まったからか、メイドたちも興味深そうに覗《のぞ》きこんできた。

「このモモンガは、なぜ裏返ったままなのでしょう？」

「敷かれた綿の居心地が良いのでは？」

「ポーションと食べ物を持ってまいりますね」

みんな……！

すごく協力的なのに感動する。

たしかに裏返ったままなのが不安になって見てたら、うまい具合に見守る僕たちのまえで、コロリンと寝返りをうってくれた。お背中を見せてうつ伏せのモモンガ。そーっとなでたらピクンとしたけど、受け入れてくれた。おケガはしていなさそうで安心する。

「ぼっちゃまのお優しさがわかるのでしょう。かしこい生き物ですね」

「へへ……かわいいね」

「はい」

キティもうんてしてくれた。僕とモモンガを視界にいれて微笑んでる。

「しかしぼっちゃま。キティとお約束くださいませ。このモモンガは野に返すか、新しい飼い主を探すと」

「……うん。お約束する」

僕のおうちにいたら苦しくなっちゃうんだったら山に返すとかしなきゃ。そのほうがモモンガもしあわせってことだもん……。

ちっちゃいお背中を人差し指でそっと撫でていると、すやすやし始めた。

「あ、寝たみたい」

「疲れていたのでしょうね」

どれくらい馬車にのってたんだろ。きっとすごく疲れたよね。

ベッドはここのままでいいのかな。居心地わるくないかな。

「キティ。僕、ペット飼ったことないから、どうしていいかわかんない」

「さようでございますね。ではまずは、安心できる寝床と、好む餌の手配をいたしましょう」

「んあ、そっか！」

生き物によって住む場所ちがうし、その子によって好みもちがうかもだ。

食材って思ってたのに、ちゃんとペットとして扱ってくれるメイドたちがすごくありがたい。

「ぼっちゃまのご意思に可能な限り沿う、それがトリアイナのメイドでございます。……モモンガよ。お優しいぼっちゃまに保護されたことを感謝しなさい。この世の中でもっとも幸運ですよ」

「うぇへへへ」

キティが褒めてくれつつ、モモンガに僕を自慢するようにお胸を張るのが少し気恥ずかしい。

「キティ」

「はい」

「ありがと」

「……っ」

ぺこってしたら、キティはああ～！　ってして倒れたのでした。

†拾いモモンガはちいさい魔物でした

夕方。

僕の寝室にモモンガのおうちができました。

おうちってゆっても寝室から出さないようにして、寝るトコを作ってあげた感じ。

モモンガは袋の中で寝るって絵本に描いてあった。なので、お顔だけ出せるフワフワの布袋を用意したら、すっぽり入ってったよ。それをコートかけに吊《つ》り下げて、モモンガのおうちにしました。

「モモンガ、ねむい？」

「プクプクプクプク……」

覗くとまんまるのお目めが僕を見て、それから安心したみたいに閉じてった。

「ん。ねてね。となりにごはんもあるからね」

お水とチーズとミルクと果物とパン。

なに食べるか知らなかったから、大急ぎで調べてご用意したごはん。コートかけの横にサイドテーブルを置いて、いっぱい並べておいた。好きな食べ物があるといいんだけど。

「んはあー。ドキドキする」

生き物のお世話ってこんなにドキドキヒヤヒヤハラハラするんだね。寝心地どうかなとか、ちゃんと袋から出てこれるかなとか、いろいろ考えちゃう。

モモンガはすごく小さいから、なかで動いてても袋は動かなくて、ついついなにしてるか覗きたくなっちゃう。

けど、僕がモモンガだったら、巨大生物にチラチラ見られるのって心休まらないと思うんだ。こわすぎる。

キティたちに相談しても、「そうですね、まだ慣れていないでしょうし、そっとしてあげたほうが良いかもしれません」ってゆってた。

だから覗きたいけど、お互いが慣れるまではガマンなのである。

「ぼっちゃま。セブラン様がお帰りでございます」

「んえっセブランお兄様が」

やっと夕方になった時間なのに!?　お夕食ごいっしょに食べられるかも！

「おでむかえしますっ」

あと、モモンガから僕の気をそらすのにもいい。だれかといないときっと僕、えんえんとモモンガ袋の穴を見ちゃう。出てこないかなーって見続けて寝る直前まで動かなくなる自覚、ございます！

ということで、僕はググッて気合いを入れて寝室から出ると、ぺぺぺぺぺっと早足で玄関に向かった。

ちょっと待ってるとすぐに馬車の音が聞こえてきた。

玄関の扉が開けられて、お外から入ってきたのはセブランお兄様だ！

「セブランお兄様おかえりなさいませ！　おかえりなさいませーっ」

昨日セブランお兄様お泊まりでいなかったから、二日ぶりくらいに会えた。お顔が見れただけでうれしくなって、足が勝手にダッシュになって突撃しちゃった。けどセブランお兄様はしっかりと受け止めて、笑いながらつむじにチュッてしてくれる。

「ただいまフラン。今日も元気にしていた？」

「はい！　セブランお兄様もお元気でしたかっ？　あと明日は？　明日はおやすみですかっ？」

「ああ、避暑地へ行く準備をするから休みだよ。フランも予定はなかったね？」

「はい！　おヒマで……」

ご一緒にあそべますね！　ってゆおうとしてハッとした。ムリだ。あそべない。大切なご用事、モモンガのお世話がある……！

「フラン？」

「おひ、おヒマ……ちょっとあの、お部屋にいるかもだけど……あの……」

ぐぬぬぬっ……な、なんてゆえば!?　モモンガのことは、僕と僕付きのメイド以外にはナイショにしてる。セブランお兄様にゆうかどうかとか考えてなかったから、頭がパンッてなった。

モゴモゴしてるのをあやしんだお兄様は、僕のお顔を見たあと、キティにお話を振った。

「なにがあった」

「……申し訳ございません。私どもからは申し上げられません」

義理ガタいキティは、お兄様に申しわけございませんってお断りをゆってくれた。僕よりえらいセブランお兄様にＮＯってゆうのはすごく大変なことだったと思う。大悪役貴族だったら、もうこの段階でクビにしちゃってもおかしくない。

どうしよう。セブランお兄様にはゆうべきかな。ゆうべき……でも食べるってゆわれたら……!?

僕のお手てが無意識にぎゅうとなってたみたいで、お洋服をつかまれたお兄様がびっくりしてた。

(モモンガもキティも、僕がまもる!!)

決心してお顔をあげる。

「フラン?」

「モモンガ、ひろいました」

このさきのことを想像したら奥歯を噛《か》みしめたい気持ち。だけど、ゆわなきゃだもん!

僕はセブランお兄様のお洋服をぎゅっと握ったまま一生けんめい、必死で、ほんともう死んじゃいそうな気持ちで告白した。

「お庭におちてて、でも、でも食べないやつです! かわいいってするモモンガですっ。食べな、食べないでくださいぃぃぃ!」

お願いしてるうちにわーって涙が出てきちゃった。あんなにかわいくてちっちゃくてふわふわのモモンガ。食べるってゆわれたらどうしよう……どうしよう!

急に泣きだした僕にお兄様が慌ててる。かがんで抱きよせると、お背中をトントンしながら、僕のお顔を覗きこんだ。じゃばじゃば涙が出る視界のむこうで、お顔に困惑って書いてあるセブランお兄様とお目めが合う。

「フ、フランどうした、落ち着きなさい。ほら、大丈夫だから」

「ツヒ……ぅくっ……モモンガ食べな、くださいっ」

「わかった、食べない。食べないよ。だから兄様に何があったのか話して」

「っ……ぅあい」

しっかりと僕の手を握ってお約束してくれるお兄様に、僕はしゃくりあげながら覚悟を決めたのだった。


「ボルケーノモモンガの子どもだね」

「ぼるけーの」

モモンガの寝袋をそーっと覗いたお兄様は、またそーっと閉じて僕にゆった。

セブランお兄様はすごくもの知り。僕はモモンガだなあと思ってたけど、モモンガの種類まではわかんなかった。

やっぱりセブランお兄様すごい！　かっこいい！

「ボルケーノモモンガは、火山と同じ強さの火を放つ種類だよ。我が家へ贈った者も、食べるためではなく、調理に使う火役として使役することを想定していたのではないかな」

「火だけ使うんですか」

「おそらくね。けれどメイドらの言う通り、ステファン兄様の結界の影響が強いから、この子はいずれ家には住めなくなると思う」

「んん……」

コートかけでプランとしてる三角の寝袋を見て、ちょっとしょんぼりする。セブランお兄様だったらモモンガといっしょに住める方法を知ってるかと思ったけど、やっぱりダメはダメだった……。

（けど、ちいさいうちなら平気なのはホントだった）

僕はセブランお兄様に手を引かれて寝室から出て、リビングのソファに座るまで、地面を見て考えてた。

大きくなったらモモンガはおうちが苦しくなるけど、こどものあいだは、いっしょにいられるんだよね……？

「フラン。大丈夫かい？」

「セブランお兄様……」

「うん」

お兄様はおとなりに座って、僕のお手てを両手で包んでくれた。無言でうつむいてたのを心配してくれたみたい。

僕はお顔をあげて、セブランお兄様のお目めを……見たかったけど、勇気が出なくておのどくらいを見つめる。セブランお兄様のお手てがきゅっとしてくれるから、お話しできる気持ちになれたよ。

「セブランお兄様。僕、キティたちとお約束しました。モモンガはお山に帰すか、いい飼い主さんをさがすって。だけどそれまでは僕が飼ってもいいって……お世話するって、しました……っ」

僕とキティたちとのお約束。それはほんとうだけど、お兄様やお父様にダメってゆわれたらダメになっちゃうお約束だ。僕はえらい貴族だけど、こどもだから。

唇を前歯でググって噛んで、勇気をだしてセブランお兄様のお目めを見る。

ノーだったら、やっぱり外国に逃げる作戦を早めて……！

「そうか。わかった」

「んえっ。反対じゃないのですか？」

「ああ。フランが決めたのなら、最後までやり遂げさせたいし。それに生き物の世話をするのは、フランの良い経験になるだろう」

お目めをまんまるにしてびっくりしてる僕を、面白そうに微笑んだお兄様は、前歯でかみかみしてた唇をちょいちょいと指で撫でてくれた。

「ふふ。鼻のあたりが、前歯を出しているときのフランに似ていたね。可愛い居候ができた」

「ふへ」

お鼻が。

モモンガのピンクのぷくぷくしたお鼻を思い出す。僕はなんとなくお鼻がくすぐったくなり、お手てでくしゅくしゅくした。ムムム。必死だったからへんなお顔してたかもしれん。

「避暑地へも連れて行かなくてはね。ケージや餌を用意しよう」

「はい！」

前向きにケントーしてくれるセブランお兄様に、僕はお返事しながらうれしくてトツゲキするのでした。

†ポッケはぜんぶに！

三日後。

お昼寝から起きた僕は、サロンに向かってウキウキに歩いていた。スキップしたいけど揺れるの禁止。鼻歌だけ歌っておくね！

「んっん～、ふふふん～」

「プククク」

ごきげんで歩いてたらお胸のポッケがガサゴソして、ちっちゃい声が聞こえてくる。僕はあっと思って立ち止まり、ポッケをちょっとだけ開けてなかを覗く。

黒くてまんまるお目めと目が合った。ポッケのなかでくるんと丸まって居心地良さそうなお顔をしてるのは、あのモモンガである。

「おこしちゃった？　ごめんね、まだ寝てていいよぉ。これから僕、おしごとだから」

「プク……」

「んふっふー！　お兄様がね、お洋服作ってくれたからシチャクしにいくの！」

そう。今日はセブランお兄様がオーダーしたお洋服が、サロンに勢揃《せいぞろ》いしているのです。最後のシチャク会だよ。

なによりうれしいのは、セブランお兄様が立ち会うってこと。つまりお兄様がおうちにいて、今日はごいっしょできる！　おうちにいる！　うれしい!!

「かっこいいお洋服あるんだよ。あ、でもポッケはぜんぶのお洋服につけてもらおうねっ」

「ぷしゅん」

モモンガは僕の言葉がわかるみたいに鼻息をつくとお顔をくしくししたあと、立ち上がってペトリとお胸にくっついた。立ち上がったのはノビするためだったらしく、グーってしてるのがたまらない。ちっちゃいお手て！

「んはあー！　かわいいっ」

「ほんとうだね」

「ンパ!?　セブランお兄様！」

しみじみゆってたら、うしろから声がかかった。ふり向くとセブランお兄様がニコニコして僕を見てた。

「ふふふ。絵に残したい光景だったよ、廊下にたたずむフランとポケットの小動物、という題名で」

「へへへ」

ポッケに話しかけてたのを見られたのは恥ずかしいけど、お兄様にかわいいねってお顔でゆわれると照れちゃう。

あと絵に残すっていうのはすごくいい！　今世にはカメラがないから、思い出は人力で残すしかない。僕たちは貴族なので絵を描く人を呼んで、思い出をお話しして見たことあるみたいに描いてもらうの。だから多少盛ったっていいのだ。

「そのときはセブランお兄様もいっしょにいてくださいねっ。かっこいく描いてもらいます！　そんで僕のお部屋にかざりますっ」

「では二枚描かせなくては。ボクも欲しいもの」

「んひゅわー！　……あっ」

お兄様とおそろいの絵を持てたらうれしい！　って興奮して足踏みしたら、モモンガがポッケからシュパッと出てきた。チョロロロロロ！　って高速で移動して、僕の頭のてっぺんで落ち着く。僕の髪を掴んでる感触あり。

「安全なところへの避難行動が速い。かしこい子だね」

「はい！　トビマルはかしこいです」

「トビマル？」

「お名前つけました！　ねっ、トビマル」

「キュチチチチ」

お名前を呼ぶとお返事するみたいに鳴いてくれるんだ。トビマルの由来はモモンガで飛ぶからなんだけど、トビマルはぜんぜん飛ばない。壁に貼りついて移動してるから、なんか虫みたいなのだ。かわいい。

「フランはふしぎな響きの名をつけるなぁ。名付けの才能があるのかもしれない」

「ウエヘヘヘ」

褒められた。セブランお兄様はちょっとしたことでも褒めてくれるから、なんか自信がついてくる。まあ僕がほんとに天才の可能性も十分にあるんですけれどもね！

ちょっと調子に乗って高笑いしそうになってたら、トビマルが頭皮を握ってきたのでストップ。高笑いはのけぞるから、トビマルが落っこっちゃう。やめよう。

「ケージや餌に問題はないかい？」

「はい！　トビマルもおうちがお気に入りです。とくに寝袋がいい感じみたいで、ぐっすり寝てます！　セブランお兄様、ご用意してくれてありがとうございました」

「どういたしまして。では避暑地にも同じものを用意させよう。トビマルも安心だろう」

「ふわあ！　はいっ。お願いします！」

僕の寝室にある特大トビマル専用ケージ。あれがヒショチにも置かれるなら安心だ！

それから、僕とお兄様はお手てを繋いでサロンに行くことにしました。

「でっ……」

か！

試着のための台から鏡を見て、思わず大きい声が出そうになったけど気合いで飲みこんだ。

セブランお兄様が作ってくれたお洋服はぜんぶセンスがいい。これ着たら僕もセンスよく見えちゃうなーってなるやつ。わくわくしてシャツに手を通し、おリボンやらなんやらを整えてくれて、鏡を見たらそのおリボンの留め具がでっかい宝石だった。

「うん、とても良いね」

「え、セブランお兄様。おリボンのトコのコレ」

「遠征のときに見つけたブルーサファイアだよ。透け方がステファン兄様の水魔法のように洗練されて美しいから、フランの新しい服につけたくて」

「ほ、ほーん」

ブルーサファイア。価値とかあんまりわかんないけど、僕の指で輪っかを作ったくらい大きいって、ぜったいアレよね？　安くはないよね？　中にヒビも入ってないし、にごってるトコもない。どこまでも青くてきれいな宝石。そんで重い。

僕、これを首にぶら下げて歩くの……？　お、落としたら、落としたら、ヒ、ヒビ、ヒビとか……。

鏡見てからの緊張感がえぐい。へたに動いて落としたら〝オワル〟と思って身動き取れない。鏡越しにテーブルの上でナッツ食べてるトビマルと目が合った。自由だな……！

「うーん。けれど、砕いてボタンのほうが良かったかな」

「砕……っ、このままで!!　最高ですしっ」

「そう？　ならそうしよう」

忘れがちだけど僕のおうちって大貴族なの。

で、僕は前世の記憶を思い出したせいか、たまにお兄様たちと感覚のズレを感じるとき……ある……！　物理的にもメンタル的にもやや重い気がする宝石のおリボンを外してもらって、つぎのお洋服に着替える。うむ。布だけだ……。

その他にもいろいろ着てみて、やっぱり動きやすいのがいちばんって感想にたどり着く僕。

さいごに着たのが動きやすさ重視のお洋服で、とてもよいです！　どうかな、踊れるかな、とちょっと脇をうにうにさせてたらサロンの扉が開いた。

「セブラン！　フラン！」

大きい声と弾《はじ》けるオーラとともにお父様がズシンズシン入ってきた。

メイドたちはさっと頭を下げ、セブランお兄様はすぐに立ってお父様に向かって姿勢を正す。

「父様、お帰りなさいませ」

「えっお、お父様！　お父様だ！　んあああ!?　おかえりなさいませぇ！」

僕は台から飛び降りて、お父様のところまで早足で行くとモズンッと抱きついちゃう。だって！

だって会うの十日ぶりくらいだもん！

朝もいなければ夜もいないし、お手紙書いてもお返事来ないしでどこにいるのかもわかんないと思ってたら、夕方にもなっていないおうちに帰ってきた!!　お兄様みたいに冷静じゃいられないよぅっ。

「お父様お父様！　おかえりなさいませっんんんん！　お父様だぁー！」

「うむ！　父である！」

「ぶびゃー！　ふへへへへへ、んへへへへへ！」

脇に手を差し入れられてひょいと持ち上げられお顔を見られた。あやすためにか、じゃっかん揺すられるのが面白くて、ベロンベロンに笑いがこぼれちゃう！　腕を伸ばしたら首にぎゅっとさせてくれる。僕はお父様にお顔をムニュムニュこすりつけた。んはぁー安心する。

「試着会は終わってしまったか！」

「はい、すべての着心地を確認しました。わずかな修正はありますが、こちらで避暑地へ行くことになると思います」

「うむ！　……ぬ。それが拾いモモンガか！」

「んあ、はい！　トビマルですっ」

「ギュチ、ギュチチ」

お父様の腕のうえで安心してたらトビマルが見つかった。見るとテーブルの上にペタッと身を伏せて口元をカチカチさせてる。

たぶんお父様の大きい声にびっくりして威嚇してるんだと思うけど、まん丸のお目めは僕とお父様をじっと見てる。

(……ん?)

威嚇してたと思ったトビマルが、ちょっと無言になったあと、お父様をチラチラ見つつソソ、ソソと動きだす。

プクプクプクプク

鳴き声が威嚇じゃなくて安心してるときに出す声になった。まさか……。

「トビマル、お父様に飛んだらダメだよ、飛んだらぜったいダメだよ、お父様に飛ぶのはぜったい……ぜっ、トビマルー!」

テーブルのはじっこまで行ったと思ったら、ピュッと手を広げてそのままぴょん!

「む! 来い!!」

「しゅぷぅー」

「んわあー!」

お父様の手に向かってトビマルがジャンプ! ……したと思ったけどモモンガって飛べないんだね。できるのはジャンプと滑空。サイドテーブルから、スイーッと空中を滑って僕たちのだいぶ先に着地。そこからめげずにチョロロロロ! って走ってくる。

「ト、トビマルぅ!」

トビマルはちっちゃいから、へたに動くと足が当たっちゃいそうで降りるのためらってると、お父様がゾン! ってしゃがんだ。

お父様の差し出した右手にちょん……と手をかける。

（か、噛《か》まないよねっ？）

トビマルはお利口で僕のこと噛んだことないし、大丈夫と思ってるけど、でも不安。どっちにもおケガしてほしくない……っ。

しばしお父様と見つめ合ってたトビマル。お鼻をピクピクさせたあと、目にも止まらぬ速さでお父様の腕をかけあがった。

「ぼわあああ！　トビマル！　おと、お父様だいじょ、だいじょうぶですから動かないでくださいいい……っ！」

速すぎてトビマルのこと目で追えない。でもお父様にとにかく動かないでいて、安全ですのでってことを必死で伝えていると、お父様がゆっくりと立ち上がった。

「ふむ、ちいさいな！」

お父様の肩にちょこんとしてるトビマルと目が合う。プクプクした鳴き声が聞こえて、ホッとした。緊張でガチガチになってたお背中を、こっちまで来てくれたセブランお兄様が撫でてくれる。

「はふぅ。お父様に甘えてるみたいです」

「父様は火属性だから、火山を思い出してるのかな」

んあ。トビマルはボルケーノモモンガだもんね。

……トビマル、お母さんとはどうしたんだろ。はぐれちゃったのかな。

お父様の首に寄りかかって寝ようとしてるトビマルを見てると、なんだかお胸に不安が湧きあがってくる。あたらしい飼い主をと思ってたけど、僕はトビマルのお母さんを探さなければならないのでは……！

　この三日間うっかりしていた事実にハッとしてる僕のまえで、お父様とセブランお兄様がにこやかにトビマルを愛《め》でてた。

「鼻と前歯がフランに似ているな」

「わかります。この小ささもまた」

「うむ！　赤子のときを思い出す。大きさもこのくらいであったぞ！」

いや、こんな!?　こんなにちいさくはないはずって思ってたら、トビマルが目をぱちりとひらいた。お父様の大きい声に起きたのかな。のそりと動くと、僕のおなかを経由してお胸のポッケにすとんと入った。

「おかえりトビマル」

「ぷしゅん」

　ポップの中でゴソゴソして寝やすい体勢を見つけたトビマルは、そのままお昼寝を始めたようでした。

閑話　まわりの人たち

Akuyaku no Goreisoku no Dounikashitai Nichijyo

トリアイナ家の執事としてお仕えし、幾年が過ぎたでしょうか。帝国の貴族らしくあったトリアイナ家に、わずかな変化があったのはこの数ヶ月のことでございました。

「んふへへ、うへへへへ」

食堂にうっすらと聞こえる笑い声。

抑えているようですが、静かな食堂には空気をこするようにして響いております。笑い声の正体は末席にお掛けになり、スプーンを握ったままテーブルを見渡しているフランぼっちゃまでした。

「んふふふふ」

「機嫌が良いな」

声をかけられたステファンぼっちゃま、お隣にお掛けになったセブランぼっちゃまもお気づきで、目を細めてフランぼっちゃまを眺めておられます。

「はいっ。みんなそろってごはん食べれてうれしいです！」

「そういえば四人揃《そろ》うのはめずらしいか」

「そうですね。ふふ、ボクも嬉《うれ》しいです」

「うむ！　家族で食事をとると、皆の顔が見られて良いな！」

「はい！」

フランぼっちゃまの大きなお返事に、旦那様とステファンぼっちゃまがつられるように頷《うなず》かれます。所作がとても似ておられるおふたりなのです。

　またよくよく見れば、旦那様のお食事のペースがいつもよりお早く、旦那様もまたご機嫌であらせられることがわかりました。

「フラン。スープが冷めてしまったのではない？　温かいものを持ってこさせようか」

「ぐぬゅ……っ」

　反対の席では、セブランぼっちゃまがフランぼっちゃまのお食事を気にしておられました。はじめにアップルパイを食べてからは、フランぼっちゃまはそれはそれはゆっくりとスープを召し上がっていました。合間にパンをはさみつつ、なんとかスープを半分飲んだところですっかり冷めてしまったようです。

「だ、だいじょぶです。もうはんぶん飲めましたしっ」

「そう？」

「はいっ、ほんとにほんとでして……！」

　新しいスープになれば、消費していた分が追加されると察知されたのでしょう。必死になって辞退するフランぼっちゃまは、スプーンをぎゅうと力強く握りしめていました。セブランぼっちゃまが厚意でおっしゃったのは理解なさっているらしく、なんとか穏便に済ませようとするお姿は、いままでのトリアイナ家の方々では見ない仕草です。

幼くして、相手を気遣う気持ちがこんなにも前に出せるとは。素晴らしい才覚です。

セブランぼっちゃまも、フランぼっちゃまのお気持ちを理解なさり、それ以上無理にはスープを勧めません。

おふたりはとてもお優しい気持ちをお持ちであらせられるのです。

「フランとセブランにパテを」

「かしこまりました」

それを見ていらしたステファンぼっちゃまが、パテを指示します。パテは肉とフルーツを混ぜてあるので、パンだけよりも栄養がとれるとのご判断でしょう。

「フルーツが多いパテだから少しは食べられるだろう。パンにつけて食べなさい」

「おおぉぉ」

ステファンぼっちゃまには逆らえないようで、フランぼっちゃまは絶望という表情でテーブルクロスを見つめています。

「フランはパンが好きだな！　おかわりを持ってきてくれ！」

「はい、旦那様」

「パン祭り……」

パテと同時に、すぐに白パンが届きます。

旦那様が制止をかけるまで堆《うずたか》く積み上げられた白パンで、こちらからではフランぼっちゃまのお顔が見えなくなりました。お隣のセブランぼっちゃまが慌てていらっしゃるので、おそらく前歯をむき出しにされたのでしょう。

そのあとはフランぼっちゃまがセブランぼっちゃまにパテを半分ずつわけることを提案し、おふたりで仲よく消費されていました。

お仕事に行くご家族を見送る。

貴族の間ではよくある行為の一つですが、最近のトリアイナ家ではよくあるを通り越し、絵物語のように幸せなお見送りが行われるようになっております。

ご出立のご用意を済ませた旦那様とステファンぼっちゃま。

おふたりをお見送りするセブランぼっちゃまは、うとうとしているフランぼっちゃまと手を繋《つな》ぎ、倒れるのではないかといつでも支えられるように意識しておいででした。

「……おなかぽんぽんになりました」

「ふふふっ。ほんとうだ」

「はちきれそうだな」

腹部を突き出したフランぼっちゃまのつぶやきに、まずセブランぼっちゃまが腹を撫《な》でられ、そのあとはステファンぼっちゃまが撫でられます。旦那様はお三人を見守ると満足そうに頷かれていました。

「フラン、急に動いては横腹が痛むぞ！　しばし休め！」

「ぁい」

満腹で眠気に負けそうになっているフランぼっちゃま。

絞り出すようなちいさなお返事に、皆様がお顔をほころばせました。

「うむ！　では、行ってくる！」

「セブラン、留守を頼むぞ」

「はい」

少し名残惜しげですが、旦那様とステファンぼっちゃまは外の馬車へ向かうお時間です。

私が視線をやると、扉番の使用人たちが大きな玄関扉を開けました。朝の光が差し込んできます。

その明るさにハッと気づかれたフランぼっちゃまが、その場で足をぱたぱたとさせました。セブランぼっちゃまが手を繋いで差し上げていたので、慌てて足踏みをしたようです。

「あっあっ……お父様っ、ステファンお兄様！　いってらっしゃいのヤツしてないです！」

フランぼっちゃまの声で、ステファンぼっちゃまが振り返ります。すると数歩を慌てて詰めたフランぼっちゃまが、ぽよんと勢いなくステファンぼっちゃまに抱きつきました。

「そうだったな。フラン、行ってくる」

「いってらっしゃいませ！」

「セブランも」

「はい、ステファン兄様」

お三人は交互に頬へキスを送り合いました。

「フラン、セブラン、父にも挨拶を！」

「はいっ。いってらっしゃいませ！　お父様！」

「父様、いってらっしゃいませ」

旦那様が身をかがめると、セブランぼっちゃまとフランぼっちゃまを一気に抱きしめます。それに楽しそうにクスクスと笑いながら、おふたりが頬にキスをなさいました。

「うむ！　良い日になるな！」

「はいっ！」

元気いっぱいの旦那様とフランぼっちゃま。

それを見守るステファンぼっちゃまとセブランぼっちゃま。

言葉に出さずともお互いを愛《いと》おしいという気持ちは皆様の瞳に表れていて、愛情で繋がったまさしくご家族であると思うのでした。

第3章　今年のヒショチは成長をさせる（気がする）

†ヒショチいくよー！

つむじの辺りがぬくくなってきて、閉じてたまぶたがうっすらと開いていく。

「んは」

「目がさめたかい？」

ぼやぁとしたままの視界。まず正面にキティが見えて、おとなりからの優しい声にお顔を向けたらセブランお兄様が微笑《ほほえ》んでた。

せまい密室。ここはトリアイナの馬車のなかです。

セブランお兄様の肩にもたれてたみたい。だんだん意識がはっきりしてくると、もうすぐヒショチだってわかってくる。景色がもう森だもんね。

「ねちゃいました」

「ああ、起きるときは気をつけなさい。ふふ、トビマルはそこが定位置になってしまったね」

「プクプク」

体を起こそうとしたけど、そうだ、つむじぬくくて起きたんだ。ぬくい原因は、モモンガのトビマル。ポッケの中にいたはずだけど、僕が寝てるうちに頭のてっぺんにのってたみたい。

トビマルは起きてるっぽくて、頭のうえでモソモソお顔かいたり、僕の髪をもしゃもしゃして遊んでる。かわいい感触。ずっと馬車であきちゃったのかな。うむ、わからんでもないよ。ぞんぶんにモシャれ。

「さあ、もう着くからトビマルは寝袋へ入れておこう。外へ走りだしてしまっては大変だから」

「あっ、そうですね」

トビマルは鳥みたいには飛ばないけど、走るの速くて森に入っちゃったら見つけられなくなっちゃう。元々は野生の生き物だけど、この森はトビマルの地元じゃないものね。

キティが三角形の特製トビマル寝袋をくれたので、お膝に置く。

「トビマル、おうちだよ」

「プクプク」

頭にお手てをむけるとトコトコトコトコって伝って、そのままスポンて寝袋に入ってくれる。トビマルのかしこさよ……！　お話が通じてるみたい。

「あとでね」

ちっちゃい穴からトビマルを見て、入り口のリボンをきゅっと結ぶ。

準備オッケーになって、馬車も別荘に到着！

トビマル寝袋を肩にかけて馬車をおりると、さわやかな空気。

「んはー！　ややすずしいですねー！」

「ほんとうだ。心地よいね」

帝都もすごく暑いわけじゃなかったけど、ヒショチに来ると帝都も夏だったんだなーって思うんだよね！　お兄様の作ってくれたあたらしい薄地のシャツだと夜は寒いかも。

「ぼっちゃま、上着でございます」

「ん！」

寝袋をナナメにかけたまま、上着をはおる。

セブランお兄様とお手てを繋《つな》いで別荘に入ると、なつかしい香りがしてきた。

「温泉の香りがするね」

「はい。どくとくです」

「いい香りだよ」

「んう」

別荘の露天風呂。いろんな事情があって爆発的にわいた温泉で、温泉大好きな僕だけどちょっと複雑な気持ちである。セブランお兄様はわかってくれてて、好意的にゆってくれる。

「あとで一緒に入ろうね」

「っはい！　んああーっセブランお兄様だいすきですー！」

「ふふ、ボクもフランが好きだよ」

ドイン！　って抱きつくとセブランお兄様はぎゅっとして、つむじにチュウしてくれた。今日はっむじがしわあせでいっぱいだね！

ヒショチ別荘にも僕専用のお部屋がある。

お荷物用の馬車は先についてるから、もうすっかり準備は整ってる。

それでもやっぱり帝都のお部屋とはちがうから、ワクワクするような、ソワソワするような、ふしぎな感覚になるんだよね。

僕は肩からトビマル、両手に狼《おおかみ》のぬいぐるみを持って、お部屋にＩＮ！

「おおー、去年ぶりだぁ」

かわってない気がする。テーブルの上にはもうクッキー置いてあるし、メイドたちも使い慣れたカップで紅茶を淹《い》れ始めてくれてるよ。

僕は狼さんを寝室に寝かせるという重大な仕事があったので、お部屋のなかをきょろきょろしながらも、ちゃんと寝室に行く。

「ふわーっトビマル。おうちあるよ！」

ひろめの寝室の端っこに、帝都とおんなじ、トビマル専用ケージ発見！　冷蔵庫くらいの大きさで、なかに寝袋もかけられてた。

僕は肩にかけてた寝袋を取っておリボンを解き、ケージの入り口にくっつける。ヒョコ！　とお顔を出したトビマルは、お鼻をクンクンさせたあと、チョロロロロロッとすごい速さでケージの寝袋へ移動。中に入ると早速ガサゴソしだした。

「どう？　どう？」

「プクプククク」

寝袋のはじっこを引っ掻《か》くような音と、ごきげんなときの鳴き声が聞こえてくる。ケージの扉を閉めてちゃんとカギをかけて、しばらく眺めてると、トビマルがぴょこんとお顔を出してお鼻ピスピスするのを見せてくれた。これはリラックスしたときのお顔だ！

「ンフーッ安心だねぇ」

おうちと同じくらいリラックスしてるトビマルに僕も安心した。

トビマルが寝ちゃったので、僕はお着替えをしてヒショチのお部屋着になる。そんでいざ考えると、やっぱりやることない。トビマルのおさんぽは部屋ンポに限りますし、中途半端なお時間だから僕のお昼寝のお時間というわけでもない。来たばっかりでお勉強っていうのもなぁー。

とりあえず窓辺のおイスに座ってお外でも眺めますかなってしてたら、トントンってノックが聞こえた。

「フラン。少し良いかい」

「んはっセブランお兄様！　はいっ、ぜんぜん！　ぜんぶおヒマですのでっ」

「それは頼もしいね」

座りかけてた体を起こしてテテッとお兄様のもとに行く。

おヒマアピールをたくさんしちゃったけどどうだろうか。僕が目のまえに行くと、セブランお兄様はクセみたいに頭をなでてくれるから、僕は頭を差し出しながら体のうしろで手を組んでニョッキニョッキ動いた。ぶへへ、たのしい。うれしい。

「森を見回ってくる。留守にするけれど、フランはディナーまで休んでおいで」

「え、ご用事ですか……？」

「ああ。また森に呪いなどが広がっていないか確認してくる」

「あっあぶないのでは!?　おひとりだったらキケンな気がしますっ、僕も行きます!!」

森に行くなんて！　しかも呪いの確認！

もうすぐ夜になるし、夜の森ってあぶないんだよ。僕はヒショチにくわしいわけじゃないけど、暗くなったら迷うかもだし、どんな生き物がいるかわかんない。呪われてるトコに手をついて体が呪われちゃうかも。だから夜の森はあぶないって、去年、ステファンお兄様にゆわれましたので！　僕、ちゃんとカブトムシあきらめたもん！

頭に手を投げたままグリンとお顔をあげると、セブランお兄様はお目めをパチパチさせてた。むむっ危機感がないっ。

なんて説得していいか悩んでヴヴヴーッてうなってたら、ふふふと微笑まれた。

「わかった。しっかり見るのは明日の明るい時間にして、いまは少しだけにしよう。心配してくれてありがとう、フラン」

「うぐぐぐぐっ」

行くには行く!!

引き止められなかった無念さに奥歯を噛《か》みしめつつ、セブランお兄様を玄関からお見送りする。ギリまでお手てを繋いでもらったけど、やっぱり僕は森には連れてってもらえなかった。

「セブランお兄様ぁーお気をつけてぇー！」

大きい声で呼んで腕引きちぎれるくらいブイブイ振ると、護衛とともにふり返ったお兄様が笑ってちいさくお手てを振り返してくれたのでした。


「ぼっちゃま。心が落ち着くティーをご用意いたしました」

「んんん。ありがと」

お兄様が森に突入してからだいたい半刻（一時間）くらい。僕はお部屋に戻って、窓から森を見てた。キティたちはサロンを勧めてくれたけど、僕のお部屋は二階。ここからのほうが森がよく見えるもんね！

ぬるめに淹れてもらった紅茶をシブいお顔して飲み、窓の外を見る。気分はハリコミの刑事。もしくは探偵。

「まだ帰ってこない……森もなんともなってなさそう」

つまり異常ナシ。

黒いモヤモヤも見えないし、平和でのどかな風景です。でもお兄様が帰ってきたら、すぐに駆けつけられるようにおイスには座らないぞ！

少しずつ夕方になってく。僕が窓のサンのとこによりかかってると、トビマルのケージからカサカサ音が聞こえてきた。起きたみたい。

「トビマル、おはよ」

「プクク」

「いまね、お兄様が森へ行ってるよ。けどトビマルは森へ行ったらいけないよ。広いし、どこにいるかわかんなくなっちゃう。あと呪われてる木とかあって、なかなかアブナイんだよ」

「シュプン」

「去年は妖精の木が呪われてて、あっ、妖精はね、トビマルと同じくらいの羽がついた生き物で、ぶつかると光ったり、温泉わかせたりするんだ。あとお話のテーマが自由。気をつけようね」

ケージのお外から、ヒショチで過ごすための注意点をトビマルに教える。三週間くらいいるから、しっかりお話ししておかねばね！

トビマルは寝袋から出て専用のブランコにのると、クシクシとお顔をかきながら、なんとなく僕のお話を聞いててくれた。たぶん。かわいいからなんでもいいのだ。

おやつをケージの餌台に置いて、ちょっと観察したら、僕はまた窓辺に戻った。

「……んあ、鳥！」

再びシブ顔でよりかかろうとしたら、外壁のレンガがキラキラした。ようく見ると、虹色の小鳥！

「キティ、キティ！」

慌ててキティを呼ぶ！　あっ大声出すと逃げちゃうから、慌ててるけどお手てをこっちこっちさせて静かに呼ぼうね！

「はい、ぼっちゃま。いかがなさいましたか？」

「鳥いた……！　色が変わる鳥っ」

「まあ！　見つけられたのですね。どちらの鳥でしょう」

キティも窓のガラス越しに体をよじらせてお外を見てくれる。

「あそこ！　あのこ！」

すぐとなりのレンガで毛繕いをしている小鳥は、太陽の光を浴びてキラキラしてた。青から緑、緑からむらさき色っていう風に動くたびに色が変わってすごくキレイ！

「んはぁーヒショチにもいるんだぁ」

「……ぼっちゃま、どちらの鳥ですか？」

「んう？　そこ。そこで毛づくろいしてるちっちゃい子」

「…………」

角度的に見えづらいのかなと思ってキティにお席をお譲りした。キティは眉をぎゅぬーっと寄せて、目もめちゃくちゃ細くして見てるけど、イマイチなリアクションだ。

「見えない……？」

「……はい。申しわけございません、ぼっちゃま。キティめにはスズメしか確認できません」

「あそこの？」

「はい。ふつうのスズメですね」

「ほむ……そうかぁ」

キティには見えないんだって。ふしぎだなって思ったけど、そういえば呪いも僕は黒いモヤモヤに見えたけど、神官さんは湯気に見えるっつってたから、なんか個人差があるのかな。

「キレイだから、キティにも見せてあげたかったなぁ」

「ぼっ……ぼっちゃま……!!」

ぽつりとゆったら、キティがよろめいてたよ。

トビマルがケージの柵にくっつきながらプククと甘えた声を出したので、僕はセブランお兄様がお帰りになるまで、トビマルとお部屋で遊ぶことにしたのでした。

†やる気まんまんでおともしますっ

つぎの日の朝。

セブランお兄様とごいっしょに朝ごはんが食べれて、楽しい気持ちで今日のご予定聞いたら、ごはんのあとはすぐに森に行っちゃうんだって。

あわてたよねぇー。

ということで。大急ぎでお部屋に戻って、大急ぎで玄関にやってきた僕。セブランお兄様が階段からおりてくるのをお迎えして、キリッと宣言した。

「僕も行きますっ」

「ふふ……っ、うん、わかった」

僕の格好を見たお兄様は、一瞬お目めを見開いてポカンとしたけど、それから笑ってオッケーしてくれました。

麦わら帽子と、虫かごと、試作中の虫取り網を装備して、お胸にはステファンお兄様にもらった魔除《よ》けのブローチをつけた万全の僕、ここにあり。

「なにかあったらお守りしますので！」

「ありがとうフラン。頼もしいよ」

「スフンッ」

お兄様が差し出してくれたお手てをキュッとつかんで、いざ！　出発です!!

朝の森は涼しくて、半袖だとちょっと寒く感じるくらい。そこでセブランお兄様ご指定の上着の出番ですよ。お兄様が着心地いいように作ってくれたから、着るのも脱ぐのもしやすくてすごく快適。ヒショチの森は、帝都のおうちとはちがって舗装されてない。自然の森、いや、野生の森って感じの土のうえをモフモフ歩く。護衛もいるけど、あんまり足音しないのは訓練のタマモノかなぁ。

「んあっ。セブランお兄様、カミキリムシです！」

見回りをする騎士の気持ちでふすふす気合い入れて見回ってたら、横の大木、僕の目線の高さに水色の虫発見！

お手てを繋いだままご報告したら、セブランお兄様も立ち止まってくれた。

「ああ、ほんとうだ。よく見つけたね」

「つかまえてきてもいいですか？」

「うん。やってみよう」

「ぅはい！」

お兄様がそっとお手てを離してくれたので、僕は両手で虫取り網を抱えなおす。

なるべく足音を立てないように、そーっとそーっと木に近づいて――

「サッ！」

虫とり網を振りおろした。ぱこん！　って軽い音がしたよ。僕の予想では、ちゃんと網のまん中にカミキリムシいるはず。

この網の中を見るときがいちばん緊張するんだよね！　どれどれ……。

「……つかまえましたぁー！」

網のなかで水色の虫さん発見です！

カミキリムシが入った虫取り網をテーンって掲げたらメイドたちが拍手してくれた。

「さすがぼっちゃま！　お見事です！」

「神速のごとき手さばき！」

「凛々《りり》しいお姿でございました！」

「んはっ……んはっはっはっはあー！　まあね、まあねー！」

高笑い出ちゃう。

やっぱりこう、手首のスナップをきかせたからねっ、あれがよかったんだと思う。われながらおじょうずでしたっ。

お胸をのけぞらせて笑ってたら、セブランお兄様も楽しそうに笑ってたよ。

「セブランお兄様にもお見せしますねっ」

「うん。見せてくれるかい？」

「はい！」

お兄様にお見せすると思うと張りきっちゃう。僕はメイドと護衛のおじさんに手伝ってもらいながら、網から虫かごにカミキリムシを移すのをがんばる。

「足グーッてしないで、こっちに……そうそう」

おケガさせないように、ゆっくりゆっくり移動させて、ちゃんとカゴの中に入ったのを確認してからフタをパチンと留めた。

「セブランお兄様、はい！　カミキリムシです！」

「すごいな。青がきれいだし、大きいね」

「はいっ」

カミキリムシっていろんな色いるっぽくて、捕まえた子は水色と白のシマシマの子だった。体ぜんぶがシマシマなのってすごいよね。シマウマみたい。

（………）

かごの中でじっとしてる虫を見てたら、なんか……。

「フラン？　どうしたの」

「んんん。僕、こうゆうシマシマ見てると、体が鳥肌になります」

お背中がゾワワワってするんだ。見たくないけど見たいとゆうか、その逆ってゆうか。

最近気づいたこのふしぎな感覚をお兄様にお伝えしたら、お兄様もびっくりしてた。

「え!?　それは苦手ということではないのかい？」

「けど、ツノが長いのはかっこいいと思います」

「う、うーん、そうか」

「ひえー……わあ……すごい……」

かごの中で長い角だけひょこひょこ動かしてるカミキリムシ。それがかっこいいと思うし、お背中はゾワワッてするし、なんかヒューってなって結果、クギヅケになっちゃうんだよね。

僕がひゃひひゃひ言いながら観察してると、セブランお兄様が麦わら帽子をなおしてくれた。

「フラン。カミキリムシの家族が心配しているだろうから、そろそろ放してあげよう」

「んあ、はい！」

そうですね！　虫にも家族がいるって習ったので、僕は捕まえた虫は数分眺めたら同じところに戻すようにしてる。

カミキリムシにもありがとねってお別れを言って、かごから出てっていただきました。

そしたらまたお兄様とお手て繋いで、森のおさんぽ再開っ。

「セブランお兄様、大セミの鳴き声がいっぱいですね」

「去年より多いかもしれないね。去年、ステファン兄様と浄化をしたから、環境が良いのかもしれない」

夏らしくミーンミーンって声がいっぱい聞こえてくる。

大セミは僕のお気に入りの虫トップスリーに入ってて、前世のセミの比じゃないくらいウソみたいに大きくてかっこいいんだよ。去年はこんなに聞こえなかったのに、今年はいっぱいだ。元気なのはいいことだよね。それにこの感じならステキな抜け殻もいっぱいみつけられそう！

木漏れ日の森を、大セミの声を聞きつつセブランお兄様と進んでいく。途中でチョウチョっぽいモスとか、クワガタとかをみつけて捕まえたりもしました。

「あ！　妖精の木です！」

すこし奥まったところに来たら、七色のマーブル模様の木が立ってた。僕がアッてしたら、セブランお兄様が褒めるようにお手てをきゅむきゅむしてくれた。

「よく覚えていたね」

「はいっ」

去年初めて見た木だけど、うっかり茶色グラデーションの木をみつけて、それを魔除けしたら呪いがスーッって解けて、最終的に温泉ドーンだったからね。思い出の濃度がこすぎて覚えました。

「これはふつうの色ですね」

「うん。何事もないようで良かった」

(んあ。そういえば、温泉のお礼おつたえしてなかった)

そうだ。あの温泉は、ものすごく有効に使わせていただいているのだ。あれがなかったら僕、お風呂がないヒショチで倒れ伏してたかもしれん。妖精さんには、ほんとにいいお仕事をしてもらいました。

「セブランお兄様。妖精の木には妖精さんがいますか？」

「妖精が宿るとは言い伝えられているね。ボクは見たことがないけれど、もしかしたらフランには見えるかもしれない」

「ふむん」

あの妖精さんの木がこの木だったかはもう思い出せない。けど、妖精ネットワーク的なものがあれば、いつか伝わるでしょう！

「お礼ゆっておきます」

「うん。そうしておいで」

お兄様も賛成してくれたので、僕はお手てを離して、虫とり網を地面に置く。

すこしそばまで行って、教会でやるようなお祈りの手にするかうーんと悩んで、手のひらをツルツルの幹にあてた。

「妖精さん、温泉ありがとうございました。すごいお湯でびっくりしたけど、いい感じです。ありがとうございました！」

伝われっ。て思いながら、心からお礼をゆいました。

ふむ……スッキリ！

最後に木にペコリとして、セブランお兄様の元に戻ると、お兄様が優しいお顔でむかえてくれた。

「フランは義理堅いなぁ」

前世で義理は大切って習いました！　不良だらけの学校だったけど、そういうちゃんとしたことも教えてくれたんだ。いい先輩たちだったなぁ。

お祈りしたところで特に変化ない妖精の木を眺めてると、セブランお兄様がマメ知識教えてくれました。

「妖精に気に入られると、才能が開花することがあるそうだよ。だから物作りをする職人たちは、妖精を友として簡単な儀式をしたり祈りをささげるらしい」

「おともだちになるのですか」

「温泉を作った妖精が、フランのように義理堅い性格だったなら、よい友になれるかもしれないね」

「はぁあー！　妖精さんのおともだちに！」

夢のなかに出てきたカラフルな羽をふよふよさせてる妖精さんを思い出す。人よりだいぶちっちゃくて、遠くから見ると光の玉くらいにしか見えなくて、近寄るとチョウチョみたいにキラキラの粉を落としてるの。

「オシャレですね！」

「おしゃれ？」

「はいっ。妖精さんってキラキラの粉だしてたし、なんかあの、センスとか教えてもらえたらいいなって思います！」

アクセサリーとかいっぱいつけてたしね！　僕はメイドにされるがままお洋服着てるから、お洋服のセンスない。前世でもテキトーなTシャツとかばっかだったし。

「フランのそういうところ、ボクはすごく尊敬するし誇りに思うよ」

「フヒャ！」

セブランお兄様が笑いながら僕を抱っこしてくれた。

「んへへへへ！　セブランお兄様はすぐ褒めてくれて、僕も尊敬してます！　かっこいくて大好きですっ！」

「ふふ、ありがとう。ではキリもいいし、屋敷に戻ろうか」

「はいっ」

ギョムッとくっついた僕を、セブランお兄様はよいしょとゆって運んでくれたのでした。

†進化が止まらないお風呂

お部屋にもどってきて、トビマルとちょっと遊んだら、お風呂に入ることにしました。

ヒショチは涼しいけど、それでも元気に動くと汗かいてくるんだよ。お風呂入ろってなる。

それにここはお風呂が温泉だからね！　温泉なんて一日になんかい入ったっていいもんですからね！

セブランお兄様もお誘いしてみたらいいよってお返事が来たので、もう僕わっくわくでお風呂に向かいました。温泉は別荘のはじっこともいえない、中途半端な位置にあるんだけどそれはね、しかたないの。妖精さんの気持ちでできたやつだから。

「んはあ〜一年ぶりの温泉。たのしみです」

「帝都とは趣が違うものね」

「はいっ」

やっぱりこう、湧いてくるっていうのがいいよね！　この脱衣所でもすでに温泉の香りがしてきてる。独特なの。効能とかは知らないけど、なんか体に良さそうな香りと思う。

メイドにお洋服を脱がせてもらって、すっぽんぽんになった僕は、いそいそと温泉への扉のまえに立った。メイドたちが左右から温泉の扉を開けてくれて——

「んあー!?」

「フラン!?」

びっくりして大きい声出ちゃった。うしろでお着替え中だったらセブランお兄様も驚いて、すぐにきてくれるけど、僕はふり返れないぐらい衝撃を受けてた。大事件だ……！

「セブランお兄様！　お風呂が、お風呂が進化してます!!」

そう！　去年見た温泉と見た目が変わっちゃってるのだっ。

まえは急に湧いちゃった温泉への応急処置で、板で囲んで、床はタイル貼りでって感じだったんだけどいまは見て！　ちゃんと木とレンガでキレイな壁になってるし温泉のまわりも整えられた石で囲われてる。ちょっと植物とかも植えられてて見た目も楽しくして、手すりもあって僕みたいな子どもが入っても大丈夫なようにされてて、なによりなにより……！

「滝だぁ——!!」

ザブブブブって天井から温泉が落ちるようになってるのだ！　別荘をこえるぐらい噴出してた温泉をステファンお兄様が抑えたのは見たけど、また噴き出しちゃったのかな。お兄様の魔法が切れてこんなんなっちゃってるんだったら……申しわけないけどすごくいい！　滝、いいですよ！

「ああ、すごいね。ステファン兄様がどんどん手を入れてくださっているそうだよ」

「えっステファンお兄様が？　じゃあ滝を？　温泉の滝を生成したんすっ？」

「ふふふ、たしかに生成だね。遠征でこちらのほうを通るときにはなるべく寄って、温泉を楽しんでいるそうだから。その都度デザインしているのではないかな」

「はあー！」

天才だ。ステファンお兄様は帝国トップレベルの魔法が使えるって聞いてたけど、それにしたって温泉に滝を作るなんて！　はぁあああ才能に恵まれすぎてる！　ありがたい！

「セブランお兄様っ、入りましょう！」

早く入りたすぎて、お兄様のお手てぎゅっとつかんで引いちゃう。鼻息も荒くなるというものですよ。

バツグンの場所にある手すりにつかまって、やや深めの温泉にゾブンと入る。おへその上までお湯があってとてもいい。

「んふぅ〜！」

気持ちいい！　セブランお兄様も一緒に入ってくれたので、いそいそとおとなりに移動した。あっ、ここ段差があっておイスになるぞ！

「セブランお兄様、ぬくくてちょうどいいですね」

「ああ。天井も吹き抜けにしてくださったようだね。明かりが入ってとてもいい」

「はい！」

お兄様ととなり合ってしばらく温泉を味わってたんだけど、どうしても、どうしても気になる。

目線の先には温泉が滝のように落ちてきてるんだ。別荘をこえる高さじゃなくて、キティが立ったぐらいの高さだけど、まあまあ勢いがあります。

（ううぅぅう……あの下に行きたい……！）

ザザザってしてるお湯の下に行ったら頭から滝をかぶれるよ！　こんなさあどうぞ、みたいな位置にあるのにやんないでいられる人がいるのかね!?

でも僕貴族だし、これはマナー違反ギリギリのライン……っ。

「セブランお兄様」

なにも言えないで、おとなりのお兄様を見上げたら、お兄様は僕が見るまえから笑ってて、そんでうなずいてくれた。ィィィヤッタァアアア！

「行ってきます!!」

「うん。気をつけていくんだよ」

はいって大きくお返事した僕は、鼻息を出すと段差から立ってお湯をザグザグしながら滝へ向かう。

んあーっワクワクしちゃう！

滝が出てる岩場のところには一応護衛のおじさんが立ってくれた。あとよく見たら滝のとこはちょっと浅くなってて、さらに手すりがある。

(ステファンお兄様も滝に打たれたかったのかなっ)

ンフンフって笑いがもれちゃう。

手すりをギュッとして、一歩一歩滝に近づいてく。

そして。

「ンヒャー！　アー！　あぷぁっ……あーー！　あははは！　ぷぴゃへへははは！」

滝が！　滝が僕の頭ドドドってしてくる！　なにこれすごい！　あとなんか思ったより細い！　細いっていうか薄っぺらいっていうか、そんな滝が頭を線で攻撃してくるのすごい楽しいっ。

ヒュッて体をうしろにすると滝の裏側にお顔が出て、でも水しぶきはお顔に当たるからペショペショして、それももう……たまらん！　ずっと遊べる!!
見た目より勢いがないから痛くないし、ちゃんと温泉であったかいから、首のところにドドドッてすると肩がぬくくなる。気持ちいいっ。滝の表と裏、まんなか、表と裏まんなかってひとしきり遊んだあと、びしゃびしゃになってセブランお兄様のところに戻った。

「たのしかったです！」

「よかった」

お兄様は手ぬぐいを用意してくれてて、お顔と頭を拭いてくれる。んふぅ。これぞいたれりツクセリだ。

「今年はステファン兄様がいらっしゃらないから、泳ぎの練習をさせてあげられないけれど、そのぶん温泉を楽しめるといいね」

「はいっ。んあ！　でも温泉なくてもセブランお兄様がたくさん遊んでくれるから、僕、もともとすごく楽しいです！」

「そうかい？」

「はいっ。セブランお兄様がしゅぎょーしてるお姿はかっこいいし、森のお散歩はいっぱいお手てを繋げるし、トビマルのこともかわいいってゆってくれるし、あと、あと……」

ゆいたいこといっぱいあるけど、新しい手ぬぐいで頭をくしゅくしゅと拭ってくれるセブランお兄様のお手てが優しくて、うっとりしちゃって眠くなってきた。いかん。温泉で寝るのはいかん……！

「とにかくセブランお兄様がごいっしょで、僕、すごくすごくしあわせです！」

「ああ、フラン……」

強引にまとめたらお兄様がぎゅってしてくれた。

「ふひゃ」

「ボクも。ボクもフランと一緒にいられてとてもしあわせだよ」

しっとりしたおでこにお兄様がちゅうしてくれる。

「うへへへ……両おもいですねっ」

「そうだね」

「うぇへへへへへ」

うれしくなった僕は、お湯で軽くなった体をお兄様の上にモソモソモソモソとのっけて、ちょっとだけウトウトしたのでした。

†トビマルも成長中

ヒショチに来てから十日経ちました。

セブランお兄様は毎日しゅぎょーをしててえらい。僕もひとりのときは絵本読んだり、魔力を練ったりして、夏休みっぽくお勉強した気になって過ごしております。

午後になったらトビマルが起きてくるので、お部屋の出入り口をぜんぶ閉めて、おさんぽならぬ、へやんぽ開始です！

「トビマルー！　おいで！」

「キュプ」

今日はセブランお兄様がお部屋に来てくれてるから、いいとこ見せちゃおうねっ。

トカゲみたいに壁紙をもしゅもしゅ登ってたトビマルに声をかけると、トビマルがやる気のお顔するんだよ。

長くてふわふわのしっぽをふぃんふぃんさせ、勢いをつけて僕のほうにヒュン！　真顔で飛んでくるお顔がめちゃくちゃかわいい。

「おおー！　……おむぉー」

ゆるく下降しながら飛んできたトビマルが、モフッと着地点にえらんだのは僕の顔面。たぶんトビマルも、僕の頭に着地する予定だったと思うんだけど、僕が上向いて見てるせいで三回にいっかいは顔面に来るの。もふもふ。のち、必死で頭に登頂しようともがきが入ります。

「フ、フラン」

「ぼ、ぼっちゃま」

「もぐ、ムモ……もびまう、よし、ばんばえ……っ」

ちっちゃい手と足をもちもち動かしながらがんばって上を目指すトビマル。お鼻とかまぶたとか、もうどうでもいい感じで登ってくけど、爪を立てたりはしないんだよ。トビマルはやさしい子なのだ！

「ぷしゅん。プクク、プクク」

「よし！」

僕の頭にたどり着いたトビマルが、満足そうにお鼻を鳴らした。僕もおなじくスフンとする。

「よしだったのかい……？」

「じょうずに飛べましたので！　ね、トビマル。僕が飛び方を教えてあげるからねっ」

トビマルのお母さんがどうなってるのかなと思って、あの日おうちを出入りした業者を調べてもらったんだけど、どうやらトビマルはひとりだったっぽい。

トビマルはある町の港で発見されて、しかもちょっとおケガしてたそう。調べてくれた人たちのご報告だと、鳥系の魔物にさらわれたが偶然逃げられた線が濃厚みたい。

火山に住む子が港にいるのが異常事態だし、他の魔物の匂いがついた幼体を、親モモンガはいやがるんだって。かなしいお話すぎる……から、念のため親モモンガの捜索も続けてもらっています！

（もし会えたらいやがらないかもだし、一緒に住めるかもだもん！）

可能性は捨てないでおきたいのである。

お母さんモモンガに会うまでに、飛び方くらいは練習しといたほうがいいなと思って、へやんぽのときトビマルには存分に飛んでもらってるんだ。

「責任感が育っているね」

セブランお兄様は、僕とトビマルをセットで見て微笑むと、少しかがんで手を差し出した。

「よし。トビマル。おいで」

「プク！」

「あっあっトビマル、ムリは……！」

トビマルが僕の頭のうえで飛行準備をはじめた。どうだろうか。トビマルのことは信じてるけど、まんがいち、まんがいちセブランお兄様のお顔に着地したら……！　どうしようっ、んあけどヘタに動かないほうがいいかな!?

ギチ……と固まった僕の頭から、トビマルがぴょっとした感触。

息を止めてトビマルの行方を見てると、スローモーションみたいにスイーッとして、セブランお兄様のお手てに着地するのが確認できました！

「キュプ」

「なるほど。賢い子だ」

「んふぅーっ」

ホッとしたぁ。お兄様のお顔にもふっとしたら剥がすのもどうかと思うし、すごく困ったことになってたと思う。よくできました！

　僕たちが見守ってると、セブランお兄様の大きい手のひらの中でくるりと丸まって、安住の地を探し出すトビマル。

「んあ。いっぱい遊んだからおねむかもしれません。セブランお兄様、おうちに入れてあげてください」

「あ、ああ。そうか」

　お願いすると、セブランお兄様は手のひらにトビマルをのせたまま寝室に移動してくれた。僕は先回りしてケージのドアを開けておくよっ。

　僕とセブランお兄様の共同作業により、さいごはトビマルがみずから寝袋に入っていきました。そーっとドアをしめて、トビマルを起こさないように寝室から出る。

「ふふ、緊張した」

「緊張ですか？」

　セブランお兄様がほぅと息を吐いたのが意外で見上げちゃう。

「うん。あんなにも小さい生き物はあまり触れてこなかったから。……フランが赤ちゃんのときに、もっと会いにいけば良かったな」

　僕の、赤ちゃんのとき……？

「セブランお兄様」

　お父様もそんなことゆってたなぁ。うぬぬ……。

僕は眉毛をへちょんと下げながらお伝えした。

「僕はもう少し大きかったと思います」

「ぷ……っあははは！　そうだね！」

誤解がとけたかわからんけど、セブランお兄様のめずらしい爆笑が見れたのでよしとします。

†虹色の鳥のひみつ

「はあーじゅうじつした」

朝のヒショチはとってもさわやか。テラスに出た僕は深呼吸して、ここで過ごした日々をたくさん思い出してた。

お兄様と森でピクニックしたり、絵本読んでもらったり。トビマルともたくさん遊んだし、ひとりのときものナゾの虫とか探せてとっても楽しかった！

テラスから見える森はすごく緑色してて、帝都のおうちからは見れない光景。あさって帰ることが決まったら、名残惜しく感じちゃう。

しみじみ眺めた僕はうむ、として寝室に戻った。

ケージの寝袋から一歩一歩伸びをしながら出てきたトビマルと目が合う。ちょうど起きたみたいだね！

扉を開けると、僕の腕を使ってちょろろんと頭にのぼってきた。

「プクン」

「おはよートビマル。トビマルも飛ぶのじょうずくなったし、ヒショチたのしかったねぇ」

「ふしゅん」

お返事みたいなあくびをしながら、トビマルは僕の髪をモシャモシャしてる。たのしいらしい。やりすぎてるとキティに止められるけどね！

トビマルを頭にのっけてリビングに行くのも、すっかりお手のモノである。

「ぼっちゃま。おはようございます」

「おはよう！　ご用意ありがと」

リビングには、僕が厳選した大セミの抜け殻が数個並べられていた。昨日までに集めた、すごくいい感じの抜け殻たちです！

「あとはこれをえらぶだけですな」

ヒショチさいごの大仕事だよ。どれもイイヤツだから、時間をかけてえらばなくちゃ。

「ぼっちゃま。今年もおふたつお持ち帰りになるのですか」

「ん！　せんせぇにもあげる！」

「かしこまりました」

去年からせんせぇとおみやげ交換会してて、誰かにあげるためと思うと気合いが入るよね。去年のも良かったけど、今年はもっとイイヤツにしたい……！　ぬぬぬ、しかしどれもステキ。かんぺきにセミの形だし、大きさも良いし……。

「ぬぅ。悩みどころ……」

「ぼっちゃま。セブラン様がおいでになります。お入りいただきますか」

「んえっセブランお兄様が！　おねがいしますっ」

腕を組んで研究者みたいなお顔して僕にうれしいお知らせ！　だってセブランお兄様は涼しい午前中はいつも剣術のしゅぎょーしてて、お忙しいんだよ。それが！　僕のお部屋に！

大セミドラフト会議はいったんあとにして、ドアのまえで待ってるとすぐにセブランお兄様が来てくれた。お兄様が見えた瞬間ビャッと抱きつく！

「セブランお兄様！　しゅぎょーおしまいですかっ？　あそんで、あそんでくれますかっ」

「わ、驚いた。うん、ここで過ごすのも明日で最後だし、もうあとはフランといたいと思ったんだ」

「ヒャーッ!!」

驚いたと言いつつ、しっかり受け止めてくれたお兄様のかっこよさに、僕はお胸のドキドキが止まらなくて、もうギュルルルッと体がめり込んでっちゃう！

「フフフッ、くすぐったい。たくさん遊ぼうね。トビマルも」

「はいっ」

「プクククン」

トビマルもセブランお兄様の肩に移動して、ごきげんな鳴き声を出してたよ。

サロンに移動したら、ふかふかソファに座ってセブランお兄様の読んでくれる絵本に夢中になってた。お兄様の声は優しくて聞きやすくて、聞いてると安心するの。

内容は勇者ががんばってるお話だからちょっとアレだけど、お兄様にぴったりくっついてればなんてことないもんね。怒られないのをいいことに、ちょっと寄りかかりつつじっと聞いちゃう。

「勇者はつよいのですね」

「そうだね。もう何百年も現れていないから、ボクたちが生きているうちに会えたら幸運かもね」

「へしふぁひん」

会ったときはトドメを刺されるときの気がするけど、お兄様がニコニコゆってたので僕もお返事する。噛みまくっちゃったけどもね！

絵本を閉じたセブランお兄様が、僕の頭で寝てるトビマルを撫でてくれる。僕が撫でられてるわけじゃないけど、お兄様のやさしい指の動きがトビマルを通して伝わってきて、少しくすぐったい。しあわせ。

ずっとこうできたらいいのになぁと思ってたら、ふと頭に虹色の鳥が浮かんだ。ヒショチに来てすぐに見てから会えてないけど、よくお外にいたセブランお兄様は目撃したかなぁ。

「セブランお兄様は、色が変わる鳥見ましたか？」

「色が変わる？　うーん……いいや、見ていないな。そんな鳥がいたのかい？」

「はい。帝都でも、ここでも見ました。けど、キティにはふつうのスズメに見えたそうです」

キティとすり合わせた結果、形はやっぱりスズメで、見えてる色だけがちがったの。

お兄様はすごく頭がいいから、なんか知ってるかなと思って聞いてみる。

「もしかしたら、それは加護を受けた鳥かもしれないね」

「かごですか」

「うん。精霊や聖霊に気に入られると、加護を授かることがあるんだ。そうすると魔法がうまくなったり、才能が開花するようになるんだよ。おとぎ話では蛙《かえる》や馬、弓にも加護が与えられていたかな」

「ふはー！　なんでもかんでもですね！」

人だけでなく。好きなものに平等にやってくのはとても好感がもてますな。僕もかごが与えられる立場だったら、まずお庭のバッタとかおじいとか、あとそうだ、お風呂にもかご与えたいもん。親近感！

「ふふっそうだね。だからその鳥も、どこかのエレメント《精霊や聖霊》に気に入られた子なのかも。……フランには力を見るような才能があるのかな」

「さ、さいのう……！」

僕に才能が⁉　こう見えても僕、生まれ変わっておりますし、前世の記憶あるし、なんかいい感じに、この世界的にお役にたつなんかがあるような気はしてたけど……なるほどなー！　なんかが見えると‼　はあ！

「帝都に帰ったら、加護を受けた蛙の絵本を探してあげよう。とてもおもしろいんだよ」

「んあーたのしみですっ」

「プクン」

お兄様がおすすめしてくれた絵本なんてもうぜったいおもしろいに決まってるもんね！　帝都にもどるのも楽しみになってきた！

そしてサロンでランチを食べたり、お兄様とおさんぽしてお風呂入って、ちょっとお昼寝したりして、あっという間に一日がたっちゃう。

じゅーじつした一日を過ごしてお部屋にもどると、床にならべられたいつつの大セミの抜け殻。

「ほほう」

今日は僕、才能の目覚めを感じましたので。

抜け殻のまえに立ってひとつひとつ目を凝らして見ていく。このなかで色が変わったりする抜け殻があれば『大当たり』だ！　せんせぇのおみやげにもぴったりにちがいない！

「ぬーん」

じっくりじっくり見て、わかった。

「かごなし！　おっきいのにしよっ」

一切色かわんない。ぜんぶおんなじ！

なので僕は、とにかく大きいのをふたつえらんだよ。こういうのは大きければ大きいほど良いもんねっ。

翌日僕は、お兄様とトビマルとたくさん遊んで、帝都に帰ったのでした。

閑話

ご領地のおじい様とおばあ様

皇帝から拝領し、長きにわたりトリアイナが管理してきた侯爵領は、帝都よりも秋を迎えるのが早い。

「旦那様。こちらをお試しいただけますかしら」

「……うむ」

領主のリュシアンは鏡の前に立ち、朝から妻エリーの手で飾られていた。いまは六つ目のブローチを試着しているところである。

「ああ、とてもお似合いですわ。威厳あるダイヤが、旦那様を引き立てております。お式でつけるブローチは、こちらにいたしましょう」

「……、……うむ」

リュシアンの孫であり、次期公爵のステファンが結婚する。相手は皇帝陛下の一人娘であるので、式はもちろん、その後のパーティーも大変盛大なものになる。

エリーは愛する夫が、どの場所であっても彼の魅力が失われないようにするために、昨年から準備を始めていた。

満足そうに頷《うなず》いてブローチをメイドへ渡し、夫を振り返る。

リュシアンは、先程までブローチのあった首元を鏡のなかでじっと見つめていた。触れると想像よりもやわらかい髭《ひげ》が、ほんの少し動いている。

エリーはリュシアンの隣に立ち、微笑《ほほえ》んだ。彼の懸念がわかったからだ。

「帝都に着いたらすぐにお花を買いましょう。瑞々《みずみず》しくて、淡い色のお花。旦那様の威厳と、そして優しさが伝わるようになります」

「……ありがとう」

「ふふふふ」

ホッとしたように落ち着く髭に、エリーも思わず笑ってしまった。

リュシアンは孫たちを愛し、可愛《かわい》いと感じている。しかし立ち振る舞いに威厳がありすぎたせいで、数年の間、その孫たちから近づき難いと思われていたらしい。

この数年で誤解が解け、おかげで領地へ戻ってきたときの彼は、驚くほどしょんぼりしていた。

結婚式は貴族にとって権威を象徴する場だ。

が、それよりもリュシアンは、孫に厳しい祖父だと思われることが心配だった。だから花はとても良い案である。

さすが我が妻、と鏡越しにエリーを見れば、彼女がめずらしく憂い顔を見せていた。

「旦那様。オディロンの衣装は揃《そろ》っているでしょうか。リストを送ったけれど、すべて見つけられているか心配ですわ。五代目ご当主様のリングだけでも見つけてほしい、トリアイナ家でも最高峰の意匠でしたもの」

「……執事はよくやっている。あのリストに書かれた物はすべて見つけるであろう」

数ヶ月前に送った分厚いリストの手紙。帝都の屋敷には多くの蔵があるが、時間と人手をかければ見つかるだろう。それに現執事は、息子のオディロンを敬愛し、輝く姿を望んでくれている。心配はない。

「ステファンのブラウスも生地を確認したかったわ。セブランもフランも成長期ですから、新調しても当日に確認してほしいし、そういえば髪型は決まったのかしら？　フランはあのままでも可愛らしいけれど、セブランは前髪をあげて――」

「……エリー」

「はい、旦那様」

「眠れていたか」

白く美しい頬に手を当てると、エリーは目を見張った。

トリアイナ公爵家には女主人が不在であった。

エリーはそのせいで、オディロンやステファン、セブランやフランが恥をかかぬように、遠いこの領地からできうることを考えて行動していたのを知っている。寝室の明かりが消えぬ夜もあったし、早朝に急ぎの馬車を走らせているのも見た。

「困りましたわ。お見通しですのね」

「……オディロンが結婚する年に学んだ。そなたは心配症だ。……そして、張りきりすぎる」

「あら。うふふふっ。恥ずかしいですわ」

エリーはリュシアンの手に自分の手を重ね、はにかんだ。

「初孫の結婚式ですもの。立派に成長したステファンを見ることが、楽しみでなりません。……あ、待って。その箱は奥に積んでちょうだい。姫様へ差し上げたいの。他の贈り物はまとめていいわ」

「かしこまりました、奥様」

手を重ねていても、結婚式で気もそぞろになっている妻。

彼女は昨年のうちに自分のドレスを決めた。特にこだわりもなく、侯爵夫人に相応《ふさわ》しいものであれば良いと早々に。

そして残った時間のすべては、夫や息子の衣装、孫たちへの再会と土産、そして新しく家族になる新婦へ何ができるかばかり考えていたのだ。

リュシアンは、妻がメイドらへの指示のために離れようとする手を握り引き止めた。

「エリー」

「はい、旦那様。……まあ」

リュシアンは執事に合図してビロードの箱を持ってこさせた。蓋を開けさせると、中にはエリーの火魔法のように赤いルビーで作らせた炎の花。

「……ブローチだ。そなたの美しさを際立たせる」

「旦那様……！」

室内でさえ輝きを反射し、煌《きらめ》くルビーのブローチ。

リュシアンは自らの手で、そのブローチをエリーの胸元へつけてやった。

エリーははじめ息もできぬほど驚いていたが、ブローチがすっかり胸につくと、ほう……と溶けるようなため息をついて鏡を見た。頬が染まっていく様子が愛《いと》しい。

「とても、っとても嬉《うれ》しいですわ、本当に……踊り出したいくらい！　最高の贈り物です！　うふふふふっ」

「……エリー」

「はい、旦那様」

「愛している」

「わたくしも、愛しておりますわ。ずっとずっと、いつまでも」

互いの両手を握り、そっと身を寄せ合う。

メイドたちが気を利かせて部屋を出ようとする。リュシアンも両手を愛する妻の背に回そうとしたとき。

「こうしてはいられませんわ！」

体中に、いや魂に力を漲《みなぎ》らせたエリーは、するりと体を離してパンッと力強く両手を打ち合わせた。

「ブローチに合うドレスに変更します。出発は明後日ですもの、一晩で探さなくては……忙しくなりますわね！」

「……うむ」

朝よりもエネルギーを満ち溢《あふ》れさせ、サロンを出ていく妻の背を見送りながら、リュシアンはゆっくりと髭をなでるのだった。

第4章　秋になったらステファンお兄様の結婚式です！

†おみやげ交換会をみんなでやる

帝都にはすごく暑いとかすごく寒いとかない。でもうっすら四季はあって、そろそろ秋の感じがします。

ヒショチから帰ってきたら、ちょうどみんなからもお手紙来てたので、お茶会しよってなりました。

「はいこれ！　ヒショチのおみやげっ。ヒショチのとこで作ってるお茶っ葉だよ」

「ありがとうございます、フランさま」

「わあっ、ありがとうございます！」

ハーツくんサガミくんと会うのひさしぶり。春頃に会ったときは、ふたりとも夏は旅行とかに行くってゆってた。

「ふたりとも夏はなにしてたー？」

「わたしは父について、諸国の関所を見てまいりました。さまざまな環境があり勉強になりました」

ハーツくんのおうちは外国とか他の領地とかを見るのがお仕事で、ハーツくんもオトナになったらおうちのお仕事のお手伝いするって。外国語じょうずだし、めずらしいお菓子とかをよく知ってるのはお勉強たくさんしてるからだ。えらい。

今年の夏は帝国内をぐるぐるしてたらしい。

「関所見てきたの」

「はい。帝国の騎士たちはどこであっても格好よいですね」

「んはーわかるぅー」

「帝国の騎士はヨロイもステキですよねっ」

「ねー！」

帝国は騎士団によってそれぞれ色があるんだけど、基本的に黒っぽくてかっこいいの。

ゲームで魔王に乗っ取られたあとは、敵役として出てきたけど、みんなヨロイが強そうでオシャレだったもんなぁ。そういえば帝国の端っこでも帝国騎士と戦うことあったけど、あれって勇者が関所にツッコんでたんだね。そりゃあ戦いになります。

（騎士さんたち、帝都から逃げるときは助けてくれるといいなぁ）

悪役になりそうな僕としましては、逃走ルートに騎士がいてくれたらとても助かる。あ、けど僕が悪役確定になるころには、騎士の意識がフツウじゃないから、もしかしてお話が通じない……？　みさかいなしに攻撃してくる狂戦士になってるかもだ。

公爵家という大貴族パワーが通用しない可能性あるなぁ。むむぅ。やっぱり先によい子になって、勇者を説得するほうが……。

むつかしい問題を考えてたら、おやつのクリームケーキをもぐもぐしてたサガミくんが、夏の思い出をお話ししてくれた。

「ぼくは、いなかの領地を見てきました。とてもごはんがおいしくて、料理人たちもたくさんいて、帝都にはないお料理もおおくて……はあぁ」

ほっぺを赤くして、おいしい思い出にひたってるサガミくん。見てる僕たちもしあわせになるモチモチ具合だ。

「うんうん」

「たくさん食べてきたのですね」

もっとお食べ。

未来のことは不安だけど、いまはみんなでおいしいの食べれたらしあわせだもんね！

僕は気を取りなおして、アップルパイみっつ目のおかわりをお願いした。ツヤツヤ生地にしっとりのリンゴ。食べたらほっぺがとろけちゃうの。んはーっリンゴおいしい。このおいしさだけで、もうなんとかなる気がしてきちゃうや。

みんなでおいしいお茶会をゆっくり楽しむ。よい子になれば、こういう生活がつづけられるかもだ。

うむ、がんばろう！

「もう夏がおわってしまうなんて、しんじられませんね」

「はい、あっという間でしたっ」

「旅行からかえったらすぐ秋だよねぇ」

「……あっフランさま！」

リンゴのおいしい季節になるなーって思ってたら、めずらしくハーツくんがガタッとした。

「んうー？」

「秋は、ステファンさまの結婚式があるのでは……っ？」

「ハッ」

ハッ。アップルパイのお耳のサクサクのとこ食べてたお手てがとまった。

そうだ……！　結婚式!!

今日だってたくさんお荷物運びこまれてるし、ステファンお兄様付きのメイドはいつも忙しそうにしてる。それはそう！　だってもうすぐお兄様は結婚するんだもん！

お父様にゆわれたの去年とかだし、正直、僕はやることなさそうだからのんびりしてた。んはー！もうすぐだ！

「フランさま。お、お日にちに変わりはないでしょうか。ち、父が張りきっておりましたので」

「ぼ、ぼくのおうちも、慌てていましたっ」

みんなあったかい日差しとおやつでぼんやりしてたのに、おうちからのお使いのことを思い出したらしい。

ステファンお兄様の弟のおともだちってことで、ハーツくんとサガミくんのおうちもプレッシャーとかありそうだよね。これはちゃんとしないといけないやつ！

「キ、キティ！　キティ！」

あわてて呼んだらすぐおとなりにいたキティは、とても冷静におしえてくれた。

「ステファン様とアラベル様の結婚式は、予定通り第七月の吉日となってございます」

「んー……ん！　りょーかい！」

第七月っていうのは九月くらいのこと。つまり秋。なんでちょっとズレてんのかわかんないけど、僕ももう7歳ですからな。ちょっと考えるだけで、九月ってわかるようになったよ。

真横にいたから聞こえてると思うけど、あらためて僕からゆうね！

「予定どおりだって！」

「かしこまりました。ありがとうございます」

「おいわいしますねっ」

ホッとしたお顔でふたりとも、おいわいモードになってくれた。お付きの人たちもさっとメモとってたし、お兄様の結婚式を大事に思ってくれてる感じがしてすごくうれしい！

「僕、結婚式にでるのはじめてなんだぁ」

前世でも結婚式にご参加したことない。

アスカロンの貴族は、いつもお説法を聞く大教会で結婚式やるんだって。僕が持ってる情報はそれだけ！

「わたしは兄上が結婚式を見たことがあります。とてもかっこよかったです」

「ハーツさまのお兄さまも、とてもお背がたかいですものねっ」

「ふあー！　じゃあステファンお兄様も背ぇ高いから、結婚式はかっこよくなるね！」

「はい！　ぜったいにそうです」

「ヒャアアー……ドキドキしちゃう」

「はあ……ぼくもドキドキしてきました」

ねー！　サガミくんとコクンとし合っちゃう。

「お式もすごいのでしょうね」

「きっと夢みたいなお式ですね」

ふたりがうっとりとしてた。そういえば、このごろシェフがお料理がんばってるの。もしかして、結婚式おわったらおうちでパーティーもやるのかも。

（そしたらすごいお料理が出てくる……アップルパイもすごいの出てくるかも！）

ふたりとお話ししたら、僕もなんか実感ができた気がします。ステファンお兄様の結婚式かぁ……僕のやることはないんだけどね！　なんかお祝いの準備はしようかな！

「たのしみだねっ」

「「はいっ」」

ハーツくんたちのおうちからのおつかいも完了したので、あとは解散のお時間までゆっくりお茶飲もうねってしてたら、サガミくんが迷い迷い、おずおずと聞いてきた。

「あのぅ、フランさま」

「ん、なあに。サガミくん」

「ずっと気になっていたのですが、そちらでお顔……？　を出して眠っている動物は……」

サガミくんが視線を送ったのは僕の横のサイドテーブル。三角の肩かけ寝袋が置かれてて、そのまんなかからトビマルがチラッとお顔出してお昼寝中です。お茶会行こうとしたらぎゅちぎゅちゅうから連れてきてたのだ。

「えへへ。かわいいでしょー！　ボルケーノモモンガのトビマルだよ」

「わたしも気になっていました。ボルケーノモモンガですか……帝都ではめずらしいですよね」

「うん、ふつうは火山にいるんだって。トビマルは迷子で、大きくなるまでは僕がお世話することにしたの」

「フランさまのおそばで、安心しているみたいです」

「んへへ。なついてくれてるんだよ。ねートビマル」

寝てるからお鼻スプスプするだけのトビマル。かわいいね！

「トビマルは、冬はだいじょうぶなのでしょうか」

「んえ……えあ！　さ、さむすぎるっ？」

「わ、わかりません。雪がふることはあまりないですけれど」

「さむい日もありますよね……」

「フグゥ……ッ」

ねむねむなトビマルのお顔を見る。三角の寝袋はトビマルの大きさに合わせて作ってるから、中はぬくぬくであったかと思う。でも冬は……？

ハーツくんが震えながらティーカップを置いて、僕に頭をさげてくれる。

「フ、フランさま、もうしわけございません、余計なことをいいました」

「ううんっ、そんなことないよ！　僕、ぜんぜんかんがえてなかったから……ハーツくんがゆってくれなかったら、トビマルをさむくさせてたかも。だからあの、ありがとう」

僕はアップルパイを食べてたナイフとフォークを置いて、ハーツくんにぺこりとする。

「フランさま……っ」

「フランさま……」

ハーツくんとサガミくんがなんか泣きそうなお顔してるから、僕もなんだかお目めがあつくなってくる。けどここでは僕がいちばんエラい人だからしっかりしなくちゃ！

お口をキュムッと噛《か》んで一生けんめい考えるのでした。

†さむさむ帝都疑惑

お父様にご相談するか、お兄様にご相談するか、なやんだ結果がこちら。

「トレーズくん。トビマルがくらせるあったかいところ知ってる？」

「すげー難題もってきたな」

頼れるチシキのみなもとトレーズくんです！

いつもの公園で、ベンチにすわってご相談してみたよ。

お父様とお兄様にゆったら、きっとトビマルがあったかく過ごす方法を考えてくれる。で、僕のご家族を探してみたらみんなお仕事でいないの。このタイミングで。そんなことあるかね！　モタモタしてたら冬になっちゃうんじゃないかっていう恐怖がじわじわ押し寄せてきたので、僕はささっとおうちを抜け出して、ささっとやってきたのである。

ヒショチのおみやげも渡したかったしね！

「おいこれ……とんでもなくいい香りするな」

トレーズくんは僕があげた押し花入り封筒を開けて、びっくりしてくれた。

「ね！　ヒショチでつんだお花なんだよぉ」

「野花か。いいな」

いいな、のあとキオワなくていいわって聞こえたけど、キオウってなんだろ。トレーズくんは頭いいから、ときどきオトナみたいな言葉つかうんだよ。

「妖精の木の下にあったの。なんかふつうのより、いい香りだったから押し花にしたんだ」

トレーズくんへのおみやげナニがいいかなーって探し回った僕。持ちはこべるのが大事だから、ヒショチでつんだお花を押し花にして封筒につめまくったんだ。妖精の木の近くのお花は香りが強いっぽくて、いろんなの入れたけどすごくいい香りになってるよ。

「よ、妖精の木って、おま、結局レアなやつじゃねーか！　どうりで高価な香りだわ」

「エフフッ」

「これがフランの好きな香りなんだな」

「うん！　お花好き！」

「覚えとく。花、ありがとう」

もういっかい封筒の中を見て、お鼻をくんくんさせたあと、大切そうにお膝に置いてくれるトレーズくん。気に入ってくれてたらうれしいな！

「そんで、モモンガだろ？　スラムも結局冬はさみぃしなぁ。帝都にいるならドコも同じじゃねぇか……？」

しっかりおみやげにリアクションしてくれて、ご相談も続行してくれる。これが……できる男!!

トレーズくんのゆうことは、たしかにって感じだ。帝都は大きいけど、北と南で季節が変わるほど広いわけじゃない。帝国の北と南をくらべたら、暑い寒いがあるかもだけど。

「んんう。……あっ。スラムのちっちゃい子たちは、冬だけどっか行っちゃうんだよねっ？　そこがぬくいとか！」

「スラムの奥にある教会だ。屋根も壁もしっかりしてんのが教会しかないねぇんだよ。冬だけ教会の世話になれるよう、ボスがシスターに話つけてくれてる」

「あったかい？」

「あー……まあ、雨風に当たらないから寒さで死ぬことはねぇな」

「え……っ、し、し……っ？」

きゅうに怖いワードが出てきたから、一瞬頭が追いつかなくてぼわっとした。冬になると寒いのはわかるけど、それで……、えっ？

僕がトレーズくんを見上げるけど、トレーズくんは気づかない。きっと冬の出来事っていうのが、トレーズくんやスラムにとって当たりまえのことすぎて、なんでもないコトのようにお話をつづけてくれた。

「寒すぎるとな。前の冬はあんま寒くなかったし、ほどこしも多くなってなんとかしのいだけど、今年はどうなっかなァ」

「ヒ……」

体に力が入らなくなってきた。血がさがってるっていうか、なんか、頭もくらくらする……。

僕がお手てでお口をおおってると、トレーズくんがびっくりして目を大きくした。

「お、おい。どうした、大丈夫かよ」

「んう……ぅぅ……」

「どうしたマジで。ほら、こっちこい」

トレーズくんがぐんにゃりした僕をよっこいしょってお膝にのっけてくれた。お背中をさすってくれるのがやさしい。僕は力がぬけた体を寄りかからせて、でもお手てだけはがんばってトレーズくんにしがみついた。

「トレ、トレーズくんは、へ、平気……っ？　まだ子どもっ？」

トレーズくんは教会に入れるのかな。スラムでお兄ちゃん役やってるから心配だ。だって冬のスラムは寒くて、し……し……っ。

考えれば考えるほどお胸がドクンドクンとしてきて、気持ちわるくなってくる。トレーズくんのお洋服を指が白くなるくらいぎゅっとしてないと不安で……。

「オレか？　オレはもうさすがに教会の世話にはなれねぇ。ガキらに飯食わせてぇし」

「ひっ、ひぃーん！」

「どうした」

「ううう一っ」

いろんなこと想像して頭がグワングワンする！

かってに涙が出てきて、僕がちょっともうパニックになってると、トレーズくんが焦ったようにお背中トントンしたり、落ちつかせるためのスリスリをしてくれた。やさしいお手てが大好き……！　すごく大好き！　たいせつなお友だちで、ずっといっしょにいたいもん！

僕はお袖でグイって濡《ぬ》れたほっぺを拭いて、お顔をあげてトレーズくんのお目めを見た。

「毛布とか！　毛布とかなんかあったかいの持ってくるから……っ、ごはんも！　お父様におねがいしますので……！」

僕は貴族だからこういうときにお金を使うんだ！　お父様がダメってゆったら、わがままもゆうし、だだこねる！

悪役に近づくかもしれないけどおともだちのためならいいもん！

キリッて決意をかためてたら、トレーズくんがぽかんとして、それから困ったように笑った。

「心配してくれたのか……ありがとな」

やさしい声になんかお胸がぎゅっとなって息できなくなってくる。それでもここはさらに貴族らしいことゆわないと！　って息いっぱい吸ってたら、ホントにつまってきちゃった。

「ふへっ……えふ……っ」

「息はしろよ⁉」

トントントントンってお背中を叩《たた》いてもらって、へふへふしながらやっと息ができるようになった僕なのでした。

「とりみだしました」

「おーマジであせったわ」

ベンチにぐったりともたれかかってるのはトレーズくん。僕はそのお膝のうえで謝罪してた。いやはや。想像でパニックになっちゃった。めんごめんご。

力が抜けて動かないトレーズくんには寄りかかり放題なので、ペットリくっついておく。落ちついたけど、ホントはまだちょっと不安だったから、トレーズくんのお胸にお耳をあててトクトクしてるのを聞くね。うむ。お元気そうである。

「トビマルのことは、ちょっとまたかんがえます」

「だな。スラムは微妙だと思うぜ」

「ん！　あと、冬のごはんのこととかも、お父様にご相談します！」

「おー、気持ちだけでうれしいぜ」

あんまり期待しないみたいにゆうから、思わずお顔に力が入っちゃう。僕ひとりじゃできないことが多くて、もどかしいのがミックスされて、ぐぬぬぬ……！

「ぬぅぅ……ヌグゥゥゥッ」

「前歯」

トレーズくんのお胸で唸《うな》ってたら、お顔見られて笑われたよ。

僕がすっかり落ちついたら、お手てを繋《つな》いで森のほうの廃教会にもどります。トレーズくんによる僕のお着替えの手さばきもずいぶんお上手になってて、すごいなって感心しちゃう。

「じゃあまたね、トレーズくん」

「おうよ。土産《みやげ》ありがとな、大切にするから」

「うん！」

「またな、フラン」

ひらひらと手を振って教会から出てくトレーズくんをお見送りした僕は、プスンッとお鼻から気合いを吸いこんで、隠し通路にトツニューするのであった。

†ボルケーノモモンガはすごいんだ!

「トビマルー!」

「ぷしゅーん!」

「ひゅわっ、えひゅふふふっ」

ケージから飛び出したトビマルが、僕の体にペットリくっつくと高速で頂上を目指しだす。山となった僕はトビマルが落ちないようにうまくバランスをとって登頂をお手伝い。

つむじまで来たトビマルがやり遂げた感のある呼吸をして、のぺりとくっつくのを感じる。トビマルはちょっと大きくなったみたいで、頭に貼りつく面積も多くなって、ぬくい。かわいい。

「トビマル、さいきんどーお? さむくない?」

「きゅぷ」

「まだ平気かなぁ」

お庭もだんだん秋のお花になってきて、気温もすこしずつ下がってきた感じがする。

お兄様たちは年末の大イベント聖女祭にむけてお忙しいのと、お父様はどこにいるのかわかんない。

とにかくお仕事してる。

僕はトビマルについてお手紙を書いて出したけど、まだだれからもお返事きてないよ。

いざとなったら、暖炉のある応接室をトビマルのおうちにしようかなって気持ちが湧いてきております。トビマルはかしこい子だから、お客さんが来てもギチギチしない。寝袋にかくれて、こっそり見るくらいと思う。

（それなら、トビマルがオトナになるまでおうちで飼えるかも）

希望のある可能性に小躍りがでちゃう。ズムズムとリズムを刻んでも、トビマルは僕の頭にのっかったままだ。

「ぼっちゃま。ティーの準備が整いました」

「はーい！」

キティが呼びに来てくれたので、僕は急いで肩かけバッグのとこまで行って、三角の寝袋バッグをななめにかけた。これもワンサイズ大きくなりました！

「トビマルっ」

「きゅ」

スルルンと頭から降りてバッグに入ってくトビマル。んはーっ！　うちの子かしこすぎじゃんね！　うっかり飛び出して逃げちゃわないように、メイドに入り口のおリボンしっかり結んでもらう。ご用意ができたら、サロンに出発だっ。

そういえば、トビマルを飼ってから、お庭や庭園でお茶をする機会がへったかも。お庭に出すとどっか行っちゃうかもと思って、お外へは連れて行けないからだ。ステファンお兄様にも、トビマルはおうちから出さないってお約束したしね。なんかところどころアブナイ結界があるらしい。

（………。……おしのびのときに、僕、踏み抜いてたりしないかな）

一抹の不安を感じつつ、サロンに到着。トビマルのためのサイドテーブルもご用意してあるよ。

「はい、とうちゃーく！」

「ぷくぷくぷくぷく」

「おはよー」

おリボンのはじっこを引っぱって入り口を開けると、トビマルがぴょこんと出てきた。やっぱり寒いのか、サロンでは寝袋からは出てこない。でもお顔は出して僕がナニしてるか興味シンシンで見てるのがすごくかわいいんだよ。いつもはひとりでやるおやつタイムだけど、さいきんはこうやってトビマルが見ててくれるから寂しくない。しあわせ。

サイドテーブルのすぐ近くのお席にすわると、メイドたちがおやつを並べてくれた。

いろんなおやつやお茶があっても、まずはこれ！　アップルパイだよねー！

秋のお花が描かれたお皿によそられたアップルパイに、ナイフとフォークを通してく。サクッとしてスーッと切れて、お口にいれるとさわやかなリンゴの香り！

「んはぁーアップルパイおいしいねぇ」

もっちもっち噛むごとに、リンゴのおいしさが広がってくよ。今日はリンゴ大きめで歯ごたえがあるのもいい感じだ。

こくんと飲んで、二口目をお口にパクンとしたとき、僕の第六感がもぐもぐをゆるめさせた。

「……むぐん？」

しっかりゆっくりモグつきつつ、アップルパイの断面を見る。リンゴしかない……んあ？　これは……リンゴ、かなあ。

そして二口目をこくんとして、気づく。シブイのが、ある!!　慌ててもう一度断面を見るけど、見えるのはやっぱりリンゴだけ……！

「な、なん？　なんか……なんか……シェフ！　なにっ！」

僕はバッとうしろをふり返り、控えてたシェフのお顔を見る。確信はない。確信はないがぜったいなんか入れとるもん！

するとシェフはにっこりして教えてくれた。

「ホワイトラディッシュです、ぼっちゃま」

「ホワイトラディッシュ！　だいこん……！」

大根だ!!

「んもーシャクシャクの歯ごたえは！　リンゴっぽい！　わからなかった!!」

「食べやすいように温度管理を研究いたしまして」

僕が気づかなかったのがよっぽどうれしかったのか、どれぐらいの温度でどうしたとか技術的なこともけっこう教えてくれるシェフ！　研究熱心……！

「情熱めぇぇ」

僕に栄養を取らせたいとか、おいしく作ろうとしてくれる情熱を止めることは、さすがにできない。できないけども一発目にミステリアスなアレンジを持ってくるのはホントに……ホントに……!!

僕はナイフとフォークをギチギチに握ったまま、下唇を噛んでなんとかシェフに聞いた。

「ふつうのはっ？　ふつうのはあるっ？」

「はい、ご用意してございます」

「ダッシュで!!　ラディッシュは食べておきますのでしにものぐるいで行ってきて！」

「はい！」

もはや僕が言うまえに足首伸ばしてた感すらあるシェフが、軽やかに厨房《ちゅうぼう》に走ってった。まったく！　げんきでよろしいですな！

僕はプスンと鼻から息をついて、残りのアップル大根パイにフォークをさした。

「んむ、むぐ……あれ、冷めると大根が強くなってる」

シブみがわかるっていうか、リンゴとちがうってすぐわかるようになってるの。

ほほう。これならだまされなかったのになぁ。アップルパイ専門家として一ピース目で気づけたはず。まぁまぁまぁと思いながら、シャクシャク食べつづけてふと思う。

「あったかいほうが食べやすかったかも」

さすがシェフだ。いちばんおいしい温度で出してくれてたんだね。プロすごい。

「プキュ」

「んう？　トビマル？」

おなかすいちゃったかなと思って寝袋を覗《のぞ》いたら、トビマルが前歯出してた。んぬん？　くしゃみのまえみたいなお顔だ。どしたんだろ。

「プ……プキュ……」

ポッ

ちっちゃい空気の破裂音とともに、トビマルのお口からマッチくらいのちっちゃい火が飛び出した！

「あええっ！　ト、トビマル！　火ぃ吹けるようになったの！」

びっくりした。だってはじめてトビマルから鳴き声以外のが出たんだものっ。

トビマルはプルプルしながらまた前歯を出して——

「プ……」

パスッ

空気！　空気のみです！

「んあああっ初めてだといっぱい出せないよね、わかるわかるぅー！」

僕、はじめての魔法の授業のときは魔法出なかったもんっ。トビマルは一発目で火ぃ出せてるから、もうそれだけでエラい。ほのかにあったかくなった空気に感動しちゃう。

「トビマルすごいね、ボルケーノだねっ」

思わず立ち上がって抱っこしに行こうとしたら、キティが慌てたように体を滑り込ませてきた。

「ぼっちゃま、火は危のうございます！」

「あっ」

そうだった。僕貴族だから火とか刃物とかとにかくアブナイモノからは距離を取る生活をしているんでした。万が一僕が火傷《やけど》でもしたら、僕が大丈夫ってゆってもトビマルやメイドが大丈夫じゃなくなっちゃう。

パパパッと頭をめぐる貴族マナーに一瞬で冷静になった僕は、キティの横からひょことお顔を出してトビマルを見た。

「トビマル。もう火ぃ出ない？」

「キュチ……」

「あっあっ、ムリしたらだめだよ。つかれちゃうっ」

僕の問いかけに、もう一発出そうとがんばるトビマル。ごめんごめんっそうじゃないんだ！

ケシュ、と空気だけが出る音にどうやら魔力切れなのを察知。キティもホッとして横にどいてくれた。

サイドテーブルの真横にしゃがんで、やりとげたお顔のトビマルを見る。やっぱり気のせいじゃなくて、ここら辺の空気があったかくなってる。トビマルの魔力だね。

「んふふ。トビマルもオトナになるねぇ。オトナ……オトナに……」

びっくりしたあとに急に立ってしゃがんだせいか、なんか目の前がくらりとした。たちくらみ……いや、眠み……。

せめておイスで寝ようかなって思ったけど、立ち上がるまえに僕のお目めがぴったりとつむっちゃう。

「……ねむ……」

「ぷきゅうん！」

「ぼっちゃまー！」

トビマルとキティの声を聞きながら、僕はやわらかいサロンの絨毯《じゅうたん》のうえで寝ることにしたのでした。


「んぱ」

目を開けて見えたのは寝室の天井だった。

「寝てた」

「お目覚めですか」

「つぶひ！」

まだぼんやりだぁって油断して声出したら、真横からおじさんの声が聞こえてビクッとしちゃった。

枕で頭ズゾってして横を見たら、ちっちゃいときから知ってるおじさん。

「お医者さんだ……」

「はい。医師でございますよ」

「ん！」

お医者さんですねっ。首から聴診器かけてる僕のおうち専属らしいお医者のおじさんだ。

僕、おやつの最中にめちゃくちゃ眠くなったからサロンで寝たんだった。ふつうのアップルパイ食べずに終わっちゃったなあ。

「フラン様、腕にお触れいたします」

「はぁい」

にょい、と腕を出すとお医者さんが脈を取ったりする。あと細い紙で巻くと色が変わる道具をつけたり、手首の上にチリリ～ンて音がするベルをのせたりするの。

（ナゾ道具）

色変えたり音鳴らしたり一通りこなしたお医者さんは、聴診器をつかわずして診察をおえました。ふしぎ。

「少々魔力が乱れておりますが、問題ないでしょう。避暑地からの移動と、季節の変わり目で、お疲れが出たのだと思います」

「ステファン様のお式までに回復なさいますか」

「ええ、充分間に合うでしょう。栄養を取って、涼しい場所でお過ごしください」

お医者さんはにっこりして帰ってく。うむ！　あの感じの言い方だと「明日もお休みしてください」はない。いいぞいいぞっ。元気なのにベッドにいるのって、逆にちょっとダルくなっちゃうからね。

「ぼっちゃま」

「キティ。僕寝てた」

「はい。ひさしぶりのことでしたので、心配いたしました」

キティの言葉にまわりのメイドたちもすごく安心したお顔でうなずいてる。いっぱい心配かけちゃったなぁ。

7歳になってから階段のまんなかで寝るとかなくなってたから、ひさしぶりに絨毯のうえで寝たのにびっくりさせちゃったようです。

「んあ、トビマルは大丈夫だったっ？　僕がきゅうに寝たからびっくりした……ん、じゃ……」

トビマルの真横で寝ちゃったんだった。

寝室に置いてあるケージを見たら、柵にくっついて僕を見てるトビマルとお目めが合う。

「ギュチチチチ……」

「ええ」

一ヶ月ぶりぐらいに聞く、トビマルが警戒したときの鳴き声。口元をギチギチさせて、大きいお目めで僕をずっと見てる。

僕はベッドから降りて、キティに寝起きの体を支えてもらいながらケージまで行った。

「ど、どうしたのトビマル。びっくりさせすぎちゃった？」

ぎゅっと柵をつかんでるお手て。ギチギチするお口。ふわふわのしっぽはてろんとさがったままで、ひたすら僕を見てる。

「トビマル？」

「プチン……」

お名前を呼んだら悲しそうな声を出して、そろそろと寝袋に帰っていっちゃった。なにこれ悲しい。

「んんう。キティ。トビマルが来てくれないよぅ」

「ぼっちゃまがお倒れになったとき、トビマルはそれはもうパニックになっていまして……。火を吹いた直後でしたので、責任を感じているのかもしれません」
「んえ!? そんなっ。トビマル、ぜんぜん、ぜんぜんだよ！」
眠くなったのなんてぐうぜんに決まってるもん！ 6歳のころの僕なんか、道端で寝たくてしょうがないぐらい眠っ子だったよ！

僕がそうやって必死にゆうと、寝袋からピョッとお顔だけ出してくれた。

「トビマル、ほんとにぐうぜんだからねっ。トビマルが火を出せたのうれしかったし！」

「ギヂィィ……」

「トビマルぅー！」

なんともゆえない鳴き声とともに寝袋に帰っちゃうトビマルに、こんどは僕が柵にはりついてお名前を呼ぶのでした。

†おじい様とおばあ様がきたよー！

夏が終わって、もうしっかり秋になったころ、おじい様がやってきた！

いつもよりちょっと遅めだったけど、なんと今年はおばあ様もごいっしょ。ステファンお兄様の結婚式に来てくれたんだよ。春にも会ったけど秋にも会えちゃうなんてとってもうれしい！　お手紙もらったときは小躍りしたもんねっ。

お父様とステファンお兄様がお仕事なので、僕とセブランお兄様が玄関でお出迎えしました。

「ごきげんよう、お祖父《じい》様、お祖母《ばあ》様」

「いらっしゃいませー！」

馬車の扉が開いた瞬間、地面ふみふみするくらいうれしくて、セブランお兄様のごあいさつのあとすぐに僕もごあいさつしちゃう！　駆けよってハグしたいけど、貴族なのでがまんがまん。

「……うむ」

「ごきげんよう、セブラン、フラン。お出迎えしてくれてうれしいわ」

「んへへ」

おばあ様がすぐにハグしてくれたから僕もぎゅっと抱きつく。流れでおじい様にもぎゅぎゅっとしちゃおうね！

おじい様からのだいぶタイムラグのあるハグ返しのあと、僕はセブランお兄様とお手てを繋《つな》いで、おじい様たちのお部屋までついていった。

これからおじい様とおばあ様は休憩だから、お部屋の中までは入んないけど、せっかく会えたから長めにいたくての廊下散歩である。

「フラン。可愛《かわい》らしいバッグですね」

「はいっ。これはトビマルの寝袋でセブランお兄様がとくべつに作ってくれました！　んあっ、トビマルはボルケーノモモンガで、僕がお世話してて、すごくいい子なんですよっ」

おばあ様の一言にひゃーってうれしくなっていっぱいお話ししちゃう。僕に絶妙な距離をとってたトビマルだったけど、あれからおやつあげたり、へやんぽしたり、いっしょにお茶したりした結果、お膝にのってくれるようになったよ。

「トビマルはすごくかしこくて、いい子で、僕はすごくすごく大好きで……」

大好きだけど、まえみたいに頭にはのぼってきてくれない……。

トビマルがガサゴソしてる寝袋をなでなでしてしんみりしちゃった。トビマル火吹き事件。僕は平気だけどトビマルにはけっこうショックだったみたい。

「どうかしたのですか？」

「んん……このまえトビマルが初めて火が吹けたんですけど」

「まあ、成長の証拠ですね」

「はい！　すごくうれしかったです！　……でも僕がタイミングわるく倒れちゃって、それから距離ができちゃいました……頭にのっかってくれないの、さみしいです」

しゅんとした僕のお手てをセブランお兄様は励ますみたいにキュッとしてくれた。優しいキュッがお胸にしみて、歩きながらもぴったりくっついちゃう。

「ボクから見ても、トビマルはフランによく懐いていました。トビマルが頭に乗るのはフランだけでしたから。もしかしたらトビマルは責任を感じているのかもしれません」

「ええ、セブランの言う通り、仲良しさんが倒れて少しだけ驚いてしまったのでしょう。時間がたてばきっとまた頭にのぼってきますよ」

お兄様の反対側からおばあ様も励ましてくれた。優しいまなざしなのが、なんでか一層お胸をいたくしてくるよ。僕は泣いちゃいそうになったからお口に力を込めてへの字にして、おばあ様を見上げた。励ましてくれたから、僕もお返事をがんばる！

「ぁい！　なかよし、っなかよしでした！　で、でも……っ、いつかはおわかれしないといけな……くてぇ……っふぐぅ……っ」

言葉にしたら現実味が出てきたっていうか、そうだ僕、トビマルとお別れしなくちゃいけないんだ……なにそれツライ……！

でもおばあ様のまえで泣いたらかっこわるい貴族になっちゃうと思って、お袖でぐいってお目めを拭ってまっすぐまえだけ見た。セブランお兄様のお手てのぬくもりだけを頼りにがんばる……！

キリッとして歩いて、おじい様たちがお泊まりするお部屋まで来た。僕もかなしいのなくなったよ。んふーっもう7歳だもんね！

「おじい様、おばあ様、ごゆっくりおやすみください！」

セブランお兄様のお手てを離して、習ったお見送りのご挨拶ゆってぺこっと頭をさげた。うむ！

われながらよくできました！

自信マンマンでお顔をあげたら、おじい様とおばあ様が並んで僕を見守ってくれてた。おばあ様が一歩まえに出て僕とお兄様のお手てをそっと握った。

「ふたりとも。明日はトビマルといっしょに、お茶をしましょう」

「んあ、いいのですかっ？」

「ええ。私もトビマルと会ってみたいです」

「よかったね、フラン」

「はいっ！」

お茶会にトビマルつれてってていいんだ！　なんとなくだけど、おじい様たちは伝統的貴族だから、そうゆうのＮＧと思ってた。あっ、けどおじい様はまだいいよってゆってないや。

おばあ様だけかなって思ってると、おばあ様がおじい様を見てニッコリした。

「旦那様もぜひごいっしょに。ね、フラン」

「ぅあい！」

それは！　それはぜったいにお願いしたいです！

あいてるほうのお手てをピンとあげてお返事したら、おじい様はおヒゲをモニモニさせてからうなずいてくれた。

「……うむ」

「ふわぁー！　セブランお兄様セブランお兄様っ、おばあ様とおじい様がトビマルに会ってくれるって！」

うれしかったらすぐにご報告だっ。

足をダムダムさせて踊りたくなったけど、トビマルの寝袋をかけてるから震えるだけにしておく僕。

「ふふふ、よかったね、フラン」

「はい！　トビマルもたのしみだねーっ」

寝袋をうえからなでると、トビマルがなかでゴゾつく感触あり。そして。

「ぷちゅん」

「えへへ」

くしゃみみたいなお返事が聞こえて、思わず笑っちゃう僕なのでした。


お外はちょっと寒いけど、お日さまがぽかぽかであったかいサロン。

いちばんのりは僕でつぎにセブランお兄様が来てくれて、そわそわ待ってると、おばあ様とおじい様がご到着したので、ごあいさつしたらさっそくトビマルをご紹介するよっ。

「おじい様、おばあ様。こちらがトビマルです！　トビマル、僕のおじい様とおばあ様だよ」

「チュチチ」

お昼でちょっと眠そうなトビマルが、ご挨拶のために寝袋からお顔を出してる。かわいい。お目めが細々になってるのがかわいい。

おばあ様がサイドテーブルまで来て、トビマルに合わせてちょっとお背をかがめてくれた。絶妙にいい距離です。

「ごきげんよう、トビマル。初めてお顔を見られましたね」

んあーやさしいっ。トビマルもピンクのお鼻をピコピコさせてちょっとお顔を伸ばした。

「シュ………プチチ」

「あっ！」

シュパパパパパ！

トビマルがすごい速さで寝袋から出ると、おばあ様のドレスにヒュンッと飛びついて登った！　ぶえええええっやばいっ。おとなりのセブランお兄様も息をのんだのがさらにコワくなっちゃう。

「お、おばあ様！　ごめんなさい大丈夫ですかっ？」

「ふふふ、大丈夫ですよ」

トビマルを引きとろうと思っておばあ様のまわりをぐるぐるしてたら、おばあ様の笑い声がして、それからセブランお兄様にそっとおなかに手を回されてぐるぐるストップ。

「フラン落ち着いて」

「とても可愛らしい子ですね」

トビマルを見たらおばあ様の肩のトコで、お顔をくしゅくしゅしてた。リラックスしてる……！

「んはあーよかった……」

「父様のときと同じ反応だね」

「んあ、そういえば」

セブランお兄様の言うとおりだ。お父様に会ったときも、トビマルは一瞬で肩に移動してたもんね。

「……エリーは火魔法の使い手である。オディロンと似ているのかもしれぬ」

「ほはぁ。おばあ様もぬくぬくなのですね！」

「ええ。貴方《あなた》たちの父ほどの力はありませんが、わたくしも火魔法は得意です」

おばあ様が肩のほうに手をやると、トビマルは素直に手にのってキョロキョロしてる。

「トビマル。ケーキ食べるから、トビマルは寝袋のとこにいよ？」

「キュッ」

ひゅーんと飛んで僕のお胸にくっつくのを待って、そのままサイドテーブルに移動。トビマルは夜のほうが元気だから、いまは眠いお時間と思うんだ。おねむりー。

寝袋の入り口開けてあげてると、おばあ様とお兄様がお話しする声が聞こえた。

「フランのお話が通じるのですか？」

「はい。定かではありませんが、トビマルはフランの話がわかるように返事をしたり動いたりするのです」

「賢い子なのですね」

…………！

「トビマル褒められたよっ」

「プチン」

こっそり教えてあげると、トビマルは前歯をキュッと見せてから寝袋に入ってった。

寝袋をととのえてふり返ると、すでにおじい様たちは座ってて、僕待ちだった。えへへ、トビマルにかまってるとあっという間にお時間過ぎちゃいまして……すみません。

いそいそおイスに座ったら、おじい様がトビマルのいる寝袋を見てた。入り口が開いてて、なかでトビマルが寝床の布を掘ってるのが若干見える。

おじい様のおヒゲがもにもにした。

「……トビマルに、ナッツを用意してやりなさい」

やったー！　トビマルもおやつもらえるよー！

おじい様がケーキをおみやげにしてくれてた。去年もごちそうになったショコラケーキ！　チョコレートは、なんでもある帝都でもめずらしい高級食材で、それがたっぷりのケーキはもう贅沢《ぜいたく》中の贅沢！　今年のは去年よりツヤツヤした感じのケーキで、チョコが濃そうっ。

そして。

「んふうー……おいしいですねー……」

お口にいれるととろりと溶ける外っ側のチョコ。そしてふわふわのチョコスポンジ。甘くて少し苦くて香りがすごくチョコレート！　なにこれすごいおいしー……！

フォークを握ったままうっとりしちゃう。

そんな僕の襟元にはナプキンが巻かれています。

給仕はおじい様のとこのメイドさんがしてくれるんだけど、今年もナプキンが巻かれてしまいました。大丈夫です、もう7歳なのでこぼしません、と思ったけど、あたらしいお洋服だからこれはこれでよし。いまはチョコレートに意識持ってかれてるし、ちょっと安心しちゃってる僕です。

「んふあー……」

「とても美味《おい》しいです、お祖父《じい》様。今年のショコラは一段と香りが良いですね」

「……うむ」

「旦那様は甘いものが良いか、香り高いものが良いか、悩んで選ばれたのですよ。気に入ってもらえて、わたくしもとても嬉しいわ」

チョコレートのいい香りがお鼻から抜けてくから、ちょっと多めに空気を吸う。そうするとチョコレートが戻ってきてより一層香りが長く楽しめることに、僕、気づく。

「ンスー……ッ」

はーっ天才かもしれん。すごい技術を発見してしまった！

ひとくち食べたあとは目を閉じてずっとお鼻をスパスパさせてたら、おじい様がお声をかけてきた。

「……フランには、苦みが強かったか」

「んぬぁっ!?　ぜんぜん！　すごくおいしいです！　あの、食べたらなくなっちゃうから、ゆっくりと思って」

チョコレートケーキはアップルパイとちがくてシェフでも作れない。だから、食べたら食べた分だけなくなっちゃうんだ。貴重なケーキはゆっくりゆっくり食べますっ。んすぅー。

もうひとくち食べてまた薄目になってお鼻をスパスパさせてたら、おじい様がおヒゲをもにもにさせてお手てを少し上げた。するとメイドさんが二台目のショコラケーキを持ってきた。

「……まだ用意がある。好きなだけ食べなさい」

ふたつもあったの！　こんなおいしいケーキが、ふたつも！

「ふふふ。よかったね、フラン」

「はいっ！　……んあ、けどおじい様とおばあ様と、セブランお兄様もいてお茶会するのはレアだから、やっぱりゆっくり食べますっ」

「うん」

キリッとして慎重に三口目いこうとしてるのを、おばあ様とお兄様はニコニコしながら見守ってくれたのでした。


ケーキいっぱいごちそうになって大満足でぬくい紅茶を飲んでるとトビマルが寝袋から出てきた。足音も立てずに僕のお膝にのって、まるんっと丸まって寝始める。さっきまでナッツ食べてたからおなかいっぱいになったのかな。うむ。僕も同じです。おなかぽんぽん。

ちっちゃいトビマルのお背中を人差し指でそーっとなでてると、おじい様が言いづらそうにお話ししだした。

「……フラン」

「はい」

「……トビマルと、別れが近いというのは」

「んあ」

おじい様のおヒゲがちょっと元気ない。僕とトビマルを見てるとき、いつもちょっとおヒゲがショボンとしてたのはお別れのことが気になってたからのようです。

「えぇと、トビマルはボルケーノモモンガなので、おっきくなったら、ステファンお兄様の結界でトビマルが大変なことになるそうです。トビマルはつよい魔物で……んんん、あとでも、そのまえに冬さむくて、あったかいところ探してあげなくちゃいけなくて」

ぬぅん。ご説明ってむずかしい。

あと言葉にすればするほど、お別れしなくちゃなんだ……って思ってせつなくなってくる。

せつないのと上手なご説明を考えるので、なでなでする指が止まっちゃう。と、トビマルが不満そうにおなかを出すから、なでなでは続行しますね。

そのあいだにセブランお兄様がオトナの言葉で、おじい様とおばあ様にご説明してくれました。

「……我が領地よりも温暖とはいえ、帝都にも雪がふる」

「はい。ですので、その前には対策をと考えてはいるのですが」

頭がいいセブランお兄様でも、冬を止めるのはむずいそうです。

「セブランお兄様。暖炉のあるお部屋なら、トビマルも冬あったかいです。トビマルを暖炉のお部屋におひっこしさせてもいいですか？」

「応接間だね。それなら……。ああ、けれど客人を通すときは、応接間から退《の》いてもらわなくてはならないかも」

「……さむくなっちゃいます……」

「チィ」

　さむいの、かわいそう。

　トビマルも僕におなかを見せて残念そうにしてる。おなかかわいい。

「……エリー」

「ええ、旦那様。わたくしも同じことを考えましたわ。……フラン、少し良いですか」

「はい、おばあ様」

　トビマルに指をつかまれながらおばあ様を見たら、おばあ様は優しいお顔して僕たちを見た。

「わたくしの生まれは隣国ですけれど、海があります」

「ふぃ」

「そこには温かい川が流れ込んでいて、魚たちはお風呂に入っているかのように、それはそれは楽しそうに泳いでいますの」

「ほあーお風呂の海は気持ちよさそうです」

「うふふ、そうでしょう。フラン。なぜ温かい川があるか、わかりますか」

「うぬん……？」

なぞなぞだ。

あったかい川ができるのはー……て、セブランお兄様を見上げると、お兄様は「あっ」というお顔してる。もう答えがわかってそうだ。ムムム！　えーとえーと……。

「フラン。川はどこから流れてくる？」

「んんと、……お山です？」

「そう、通ってくる山が温かいのかも」

「山がぬくい……ンハ！　か、火山！　火山ですかっ？　セブランお兄様っ、か、火山って……！」

「トビマルの本来の生息地だね」

バッておばあ様を見たら、正解です、と笑ってうなずいてた。

「わたくしの祖国は遠いところですが、フランとトビマルがよければ、トビマルはそこで過ごすのはどうでしょう。わたくしの城もありますから、お世話役を常駐させることもできますよ」

「えあっ……え、……えと」

急にゆわれても、ど、どうだろか。火山はトビマルにいいとこだけど、トビマルちっちゃくてごはん食べれるかな、あっだからお世話係のこともゆってくれたんだ。おばあ様のところなら安心だし、寒くないのもすごくいいことってわかる。でも僕とお別れするってことで……。

「プシュン」

トビマルは僕の指をつかんだまま、まんまるのお目めで僕を見つめてる。かわいいトビマル。

「んあえ、トビマルっ」

くしゃみみたいな鳴き声をしたあと、前歯をぎっと見せたトビマルは体をすばやく回転させた。

シュタッとテーブルにのるとおばあ様へむかって猛ダッシュ！

「あらあら」

「プククク」

おばあ様の肩にのって、僕をじっと見てきた。

「トビマル……おばあ様のところに行くの」

「プクン！」

「ううぅ……っ」

決意を込めたまんまるのお目め。

僕は下唇を噛んでぎゅっと気持ちをおさえて、お顔を上げた。

「わかった！　おばあ様、トビマルをよろしくお願いしま、します……っ」

「プシュン！」

「ええ、承知しました。トビマルが大きくなっても安心して過ごせるように、わたくしが責任を持ちますわ」

「はふぇ……ふへぇ……っ、お願いしますぅぅう」

我慢できなくて、おじぎのまま机にべんって突っ伏して声を出しちゃう。ううう涙でるよぅっ。

「……?」

ベヒベヒしてたら、つむじがカサコソした。

なんだろうかと思って体を起こしたけどなんもない。でもつむじカサコソすると思って、お手てをやったらふわふわの、ふわふわの。

「プククン」

トビマルが頭にのってくれてた！

「トビマルぅー！　あ――！　お別れさみしいよぉー！　お顔みえないぃぃぃー！」

抱っこしたいのにうまいことさせてくれないトビマルに翻弄されながら、僕はひさしぶりに感じる頭のふわふわな重みにしあわせと思うのでした。

†ステファンお兄様の結婚

「あわ、あわわ」

「ギュチギュチギュチ」

僕はかっこいいスーツを着たまま、おうちの廊下のはじっこで右や左を見てアワアワしてた。

メイドたちも使用人たちも、おうちのなかを遠慮なく走り回ってる。ものすごく忙しいみたいで、お着替えのあと、さりげなくほっとかれてるとこです。

「ぼ、僕もなにかしたほうがいいかなっ？」

「プシュン」

今日はステファンお兄様の結婚式！

弟の僕はなにかしなさいとはゆわれてない。けどなんかしたほうがいい気がしてならない。だってみんな忙しそうだし……！

頭にのっかってるトビマルにご相談してたら、通りすがりのメイドたちに囲まれた。

「ぼっちゃま、お胸のお花を替えますね」

「当家はピンクではなく白になりましたので」

「失礼いたします」

お胸ポッケにささったお花を手早く替えられた。

目の前がメイドだらけになって、視界ふさがれたなぁと思ってたらパッとハケてって残ったのはキティだけだった。はじめはいなかったのにいつから⁉　手品みたい！

「ぼっちゃま。お手洗いはお済みですか」

「ふぁっ、はい！　あっあっそうだトビマルのおやつ！」

トビマルはお式の最中は寝袋に入ってれば参加できることになった。お式のお時間わかんないから、おなか空いちゃうかも。やることあった！　トビマルのおやつご用意しなくちゃっ。

僕はメイドたちのおじゃまにならないように廊下を早足で歩いて、階段からエントランスを見る。

シェフいた！

シェフは部下に指示出しまくってるとこだった。結婚式のあとおうちでやるパーティーのご用意をすでに始めてる。

「シェ、シェフーッ、おやつください！」

「ぼっちゃまっ？」

「うえっ。うえ見て、ここでーす！　おやつくださーいっ」

「ぼっちゃま！　アップルパイは式後のパーティー用にしておりまして」

「ううん、トビマルのっ」

「トビマル……あっ、式場用に全て馬車へ積んでしまいましたっ。取りに行ってまいります！」

シェフもめちゃくちゃ忙しそうで、メイドや使用人をうまく避《よ》けながら動いてる。そんなシェフにおやつで手間取らせるわけにはいかぬ！　走り出そうとするシェフを僕は大急ぎで止めた。

「だっ大丈夫！　大丈夫ですっ、ご準備してて！」

「よろしいのですかっ?」

「うん!　お仕事つづけてくださいっ、がんばって……!」

「キュッ」

「ぼっちゃま……!」

僕が応援したらトビマルも同じように声を出した。それを見たシェフがちょっと涙ぐんでる。だ……大丈夫かな、忙しさが情緒にまで来てるかな。

心配になりつつお手てを振ってふり返ると、もうキティもいなかった。みんなどこなん……。

僕はまた廊下の端っこ歩いてお部屋にもどり、トビマルの寝袋をよいしょとかぶって肩からナナメにさげた。

「トビマル、馬車に行くから寝袋入ろ」

「プシュン」

トビマルが僕の体をつたって寝袋に頭からつっこんでく。お顔をちょこっと出してキョロキョロしたあと、僕を見てぎゅっと鳴くとスポンと中に入ってった。寝袋にもちいちゃいお花がかざってある。結婚式仕様です。

「お花かわいいね」

「プクク」

中から鳴き声とガサゴソするのが伝わってきて、なんだかくすぐったい気持ちになってお部屋を出た。

廊下の奥のほうにキティ発見!

「んあ、キティー！　僕、お先に馬車にのってるねー！」

「ハイ！」

おっきい声でゆったら、おっきい声でお返事してまた消えてくキティ。忙しいんだなぁ。

みんなにぶつからないように気をつけて歩くよ。

お外に出ると、たくさんの馬車がならんでた。どれにのったらいいんだっけな。お父様のかなあ。

お父様の黒くて大きいやつだよねってさがすと、おじい様がいた。その奥には金色の髪の毛……あれは！

「んあっ。ステファンお兄様！」

「フラン」

いつもと変わらないお洋服を着たステファンお兄様。

結婚式だから、お兄様もおうちでお着替えすると思ったらちがくて、教会でお着替えするんだって。だからみんなと一緒には行けなくて、お先にご出発のはずだった。もう行っちゃったと思ったのに会えるとは！

ハグしたいけどきっとダメなので、横に立ってたおじい様のおとなりに行く。おじい様ももう結婚式仕様だったからくっつけない。

僕は寝袋のヒモを握りしめて、ステファンお兄様を見上げた。

「出発ですかっ」

「ああ。着替えやら、流れの確認があるのでな。フランたちはあとからゆっくりくるといい」

朝日がステファンお兄様をキラキラさせてる。かっこいい……こんなにかっこいいステファンお兄様が、結婚式でかっこよくしたらどれだけなコトに……!?

なんか照れちゃっておじい様にくっついたら、おじい様がお背中にお手てをあててくれた。ホッとします！

と、馬車のむこうからおばあ様が出てきた。

「ステファン、準備が整いましたよ。出られますか」

「はい。お祖母様に付き添っていただけて本当に有り難く存じます」

「いいえ。お手伝いできて嬉しいわ」

結婚って、ほんとならお母さんが付きそうんだって。教会でのお着替えとか、メイドさんたちへの指示を出したりとか結構やることあるそうです。でも僕のおうちはお母様いないから、おばあ様がかわりになってくれるの。

おばあ様はすごく心強いけど、なんか、なんか僕もごいっしょに行きたい気持ちになっちゃう。ごいっしょに行って、結婚式がはじまるまで「がんばってね」って応援したい。

「おじい様……」

なんとなく寂しい気持ちになって、おじい様のよこっぱらに頭を押しつける。おじい様はお背中を撫でてくれてたけど、僕の肩をギコい動きで抱きよせて、それからステファンお兄様に呼びかけた。

「……ステファン」

「はい。お祖父様」

「……佳《よ》き日だ。胸を張ってゆけ」

「んあっ、が、がんばってください！」

チャンス！　応援チャンス！

おじい様に合わせて、僕もすかさずお兄様を励ます。んうっ、言いたかったこと言えた気がする……！

勢いよく言ったからなぜか僕のお顔がポッポッしてた。おばあ様の微笑ましそうなお顔に、また熱くなってくる。

ステファンお兄様も僕の勢いにちょっと驚いた顔したけど、ふっと笑っておじい様にお礼をゆったあと、体をかがめて僕のほっぺにチュウしてくれた。

「ありがとうございます、お祖父様。フランもありがとう」

「はいっ。いってらっしゃいませ！」

「うむ」

おばあ様をエスコートしたあとで、ステファンお兄様も馬車に乗りこむ。い、い、行ってしまう……!!

なんともゆえない焦りに足をふみふみさせてたら、おうちからとんでもなくでっかい声が聞こえてきた。

「ステファン！　気合いだ！」

「えっもうご出発ですかっ？　ステファン兄様！　またのちほど！」

二階の廊下の窓から、お父様とセブランお兄様がお顔を出してた。セブランお兄様も聞いたことないぐらいおっきい声でお見送りだ。

ステファンお兄様は馬車に足をかけた状態だったけど、吹き出して笑っちゃう。ふり返ってお父様とセブランお兄様にお手てを上げてみせて、そのまま馬車にのって扉を閉めた。おばあ様も中で笑ってるのが見える。

「いってらっしゃませぇー！」

教会に向かって走りだす馬車に向けて、僕はおなかから声を出してお見送りするのでした。

よく晴れてるお昼。

教会のステンドグラスがキラキラしてる。

僕は家族といっしょにいちばんまえのお席に座って、お式がはじまるのを待っていた。お膝にのっけた寝袋をなでなでなでしちゃう。

「んあぁー……キンチョーするぅ」

ついついつぶやきが出ちゃうと、おとなりのセブランお兄様がお膝をポンポンして慰めてくれた。

「フランもお仕事があるものね」

「ブギィ……！」

「あっ、ごめんごめん！　緊張を増やしてしまった。大丈夫、大丈夫だからねっ？」

いちばんの緊張のモトをゆわれて、お顔がぜんぶ中央によっちゃった。そう。僕に使命ができたのである。新郎新婦が教会を出るときに、なんかかごのお花をまく役目なのだ。なぜ……なぜ当日にゆうのか……！

「フラン！　兄の晴れ舞台である！　盛大に祝ってやれ！」

「ぅあい……っ」

お父様のはげましが頼もしくて、心にしみるような気がするよ。

お兄様に深呼吸しなさいとゆわれて、ふすふすしてたらお膝の寝袋がガサゴソした。

「んう。トビマルもキンチョーしてる？」

「プチン」

「わかるぅ」

なんか……お式ってゆうの？　そういうのの直前って、僕が出るわけでもないのに、なんでこんなに緊張するんだろか。

よく見ていいかわかんないから、とりあえず床に反射してるステンドグラスのキラキラ見てたら、セブランお兄様と逆となりにいたおじい様が動いた。

「……フラン。タイを」

「ふぁ。ありがとうございます、おじい様」

横を向いて襟のとこのおリボンを直してくれる。おじい様は器用。

その奥におばあ様もいて、僕たちの様子を見て、セブランお兄様とお父様のお顔を見た。

「お天気がよくてよかったですね。腕の良い絵師だから、光や影も細かく描いてくれるでしょう。……あら、セブランも前髪をあげていると凛々《りり》しくて良いですね」

「ありがとうございます、お祖母様」

「ヌゥ。父も母も落ち着かんな」

そういうお父様もさっきから腕組みを何度もやり直してるんだよ。よく見たら……そうか、全員キンチョーしてるな！

そう思ったらなんか落ちつけてきました。

セブランお兄様を見上げると、お兄様も同じ思いだったみたいで、お目めが合った瞬間笑っちゃった。

「んあ」

どんどんお客さんが入ってくる教会の中だけど、お外にもたくさんの人がいるのに気づく。街の人たちがステファンお兄様とお姫様の結婚式を見に来てるみたい。

（ふあ、スラムの子たちだ）

中がよく見えるいちばんの特等席にスラムの子たちがいた。さすがだ、街を知り尽くしてる、と思ったらスラムの子たちを落ち着かせようとしてるトレーズくん。お行儀よくできてるのはトレーズくんのおかげなんだね！

こっそりとお手てを振ってみたけど、気づいたかなぁ。

「ぬ！　はじまるぞ！」

お父様の声で教会の中を見たら、楽団の人たちがバイオリンを構えてた。

（いよいよ……!!）

僕は姿勢を正して正面を見る。

教会内に降りそそぐステンドグラスの光は、いつもよりも輝いていてすごくきれい。

虹色でいっぱいになった教会に、ステファンお兄様が入ってくるまであと少し。

大好きな人たちがしあわせそうにしてるのを見て、僕もお胸があったかくなるのでした。

閑話　結婚式の控え室のこと

カフスボタンの触り心地が良い。

クリスタル製だと聞いたが、煌《きらめ》きよりもこのつけ心地がふさわしいから選ばれた気がしてならない。

結婚式の緊張感は独特だ。せめて指先だけでも滑らかなもので癒《いや》しておきたかった。

大教会の二階にある控え室。数十分後には下の礼拝堂で私たちの結婚式が始まる。

窓から見る外では、多くの参列者が馬車から降りてそれぞれの知人と談笑していた。

「ステファン兄様」

「セブラン」

控え室の扉を開けてすぐ下の弟がやってきた。

廊下には使用人たちがせわしなく動いているのが見える。なにか問題でもあったか？　いや、あれらは昨日から慌ただしくしていたな。

ほんの一瞬だが私の眉間にしわを見たセブランが、そっと扉をしめ、静寂が戻った。

「兄様、よくお似合いです」

「ありがとう。おまえも美しいぞ」

「ふふ。ありがとうございます」

お互いに儀礼用の婚礼服を着ている。

着心地は二の次に、宝石やレースをつけているので重さがある。こんなに重い衣装は、騎士以外は無理なのではないか？

我ながら現実逃避と知りつつ埒もないことを考えてしまう。そして私の指先はやはりカフスを。

セブランと話している間にも途切れずに到着する馬車で、教会のまえは渋滞中だ。

「参列者は？」

「皆様、いまのところはリスト通りに。ですが、サントマ侯爵のご令嬢が失神しましたので医務室でご休憩されています。その……あとふたりは倒れるとの見立てです。……兄様のご結婚へのショックだろうと」

そろそろと近寄ったセブランが、最後だけ小声でつけ加えた。私が見ると大股で後退し、素知らぬ顔をしてくる。

誰の見立てなのだ、まったく……。

「……無理はさせるな。不調な者がいれば医務室へ連れていってやれ。参列しないくらいで今後に影響が出ることはない」

「はい」

微笑《ほほえ》む弟は可愛《かわい》らしい。

控え室はふたりだけ。花婿は着替えて宣誓を覚えたら、あとは放っておかれるようだ。結婚式といえども社交の場である。トリアイナ家は客人の案内、式の確認や装飾の調整などで、侍従たちすら走り回っている状態だ。

セブランも声をかけるべき相手がいると思うのだが……ああ、今日は晴れているな。

「兄様。……花嫁のご様子は気になりませんか」

「まだ城であろう」

「豪華な馬車だそうですよ。ここから城の門も見えたなら良かったですね」

「彼女なら……アラベル様なら心配はない。とても強い方だ」

アラベル様とは、騎士と皇女という立場で何度かお会いした。婚約をしてはいたが身分が違う。

花や贈り物を用意して会いに行くと、彼女はいつも素直な心を聞かせてくれた。

『まぁ、ありがとうステファン。嬉《うれ》しいわ。決められた婚約者という関係でも、そして忙しい身であるのに、こうして気を使ってくださる貴方《あなた》を好ましく思います』

『アラベル様。私は花や美しいものを見て、貴女《あなた》のお心が和むだろうかと思い、気づけばいつも用意しているのです。ですから、気を使っているわけでは……』

そう言って言葉を詰まらせた私に、アラベル様は心配そうに首を傾《かし》げていた。だから安心させたくて、私は膝をついてアラベル様の手を乞うたのだ。

『貴女に心穏やかにあってほしい。そしてトリアイナに来たときも幸せであってほしいと願っているのです』

『まあ、それは……それはわたくしに恋をしているということですの!? ああ、なぜかしら、顔が熱くなりますっ。ばあや、ばあや……！』

アラベル様は扇子を侍女に渡して顔を扇《あお》がせていた。淑女の様子をマジマジと見るわけにはいかぬ。私も同じように顔が熱くなっていたが、よく晴れているからとしばらく空を見ていたのだったな。

「兄様、ステファン兄様」

右手にセブランの手が重ねられた。

何度か呼びかけられていたらしい。

「ああ、すまない。なんだ？」

「そんなに触っていたら、取れてしまいます」

セブランに言われて、カフスを触る指に気づいた。意識的に指を離し、弟の顔を見る。

「セブラン」

「はい」

「私は緊張しているようだ」

「っふふふ！　それはそうです、結婚式ですよ」

「ああ、そうだな。結婚式だ」

ふう、と肺から息が出た。そうすると呼吸が楽になり、背の痛みが消えた。いつの間にか肩に力が入っていたのか。

献身的な弟の肩を叩《たた》くと、セブランも安堵《あんど》の表情だ。

と、そのとき控え室の扉がギィィーと開いた。

「んあっステファンお兄様、いました!!」

7歳の末の弟に教会の扉は重すぎた。自分が通れるだけの隙間を開けると、軟体動物のように入ってくる。

「フラン。どうかしたの?」

「セブランお兄様もっ」

セブランが呼び、フランは両手に花カゴを抱えて数歩の距離を駆けてきた。

そして私のまえにくると、口をぽかんと開けて見上げてくる。

「ふぁー!」

「どうしたのだ。父上といたのでは」

「ステファンお兄様かっこいいです!!　ひゃばー!　オシャレぇー!」

「あ、ああ。ありがとう」

「んああっ絵本みたい!　世界一かっこいいです!」

フランが花カゴを持ったまま、ダンダンと足踏みのようなダンスのような動きをし始めた。

弟は興奮したり、喜びが勝るとこうなると理解している。そしてこのとき発せられる言葉も本音だ。

……顔が赤くなってしまう。

「フラン、落ち着いて。ここに来たのは助けが必要だからかな」

「そうでした!　このお花と小麦はどこをねらうやつですか。顔面?　顔面です?　ハッ、お胸か……?」

真剣な顔で聞いてくるフランに、セブランと顔を見合わせると自然と顔が綻んだ。

私はふたりの弟の手をとった。握り返してくる手はカフスよりも安らぎに満ちている。

「空へ、よく晴れた空へ向かって投げてくれ。喜びが降りそそぐように」

エピローグ

僕のもうゆだんしない日常開始！

Akuyaku no Goreisoku no Dounikashitai Nichijyo

「はあああ……」

「チチチチ……」

「うん、かっこよくてステキだったねぇ」

「プシュ」

応接間のソファで、ステファンお兄様の結婚式を思い出してはトビマルとしみじみしてるトコ。

お掃除が終わったばかりの暖炉をつけてもらったから、ぬっくぬくだ。お膝に寝そべってるトビマルも満足そう。

おむねそうなお背中をゆっくりゆっくりなでてると、結婚式のしあわせな空気を思い出す。

それからもう冬になることも。

「トビマル」

「キュ」

「ねむい？」

「……キュウン」

んふふ。どっちのお返事だろ。

「トビマル。あのね、トビマルは冬になったらおばあ様の火山に行くんだよ。冬でもあったかくて、ときどきチョロッと噴火するけど、ボルケーノモモンガには最適なところだって、お兄様たちもゆってたの」

「……ギュゥ……」

「ここから遠いところで、行くのに何日もかかるみたいだけど、あの……お、応援……してる……っからね」

お鼻がツンとしてきた。でも泣いたらトビマルを不安にさせるからガマンしなきゃ。

「だから、だから……っ」

「チュチチチ」

トビマルがぱって体を起こして僕の腕を登ってきた。肩まで来ると、僕のほっぺに両手をあてて立ち上がる。ちいちゃくてピンクの鼻先がほっぺでピスピスするのが、慰められてるみたいで余計に泣きたくなってきちゃう。

下唇を突き出して耐えてたら、ノックの音がした。

いいよって言うまえにメイドが扉を開けてくれて、入ってきたのはおばあ様だった。

「フラン。いま、少しお話ししても良いですか」

「んく……っ、はい」

おばあ様はゆったり歩くと、僕のおとなりに座ってくれた。

「フラン」

「……ぁい……」

お返事したけど、おばあ様はなにも言わないでそっと抱きしめてくれた。あったかくて、やさしくて、お花の香りがして、なんかもうダメだった。勝手に涙が出てきちゃう。

「ううー……ふぇえーん」

「よしよし」

抱きしめたままでお背中をなでられると、どうしてこんなにせつなくなるんだろ。すごく泣いちゃいたい気持ちになって、もう止められなかった。

「おばあ様っ、おば……うあーん、さみしいですっ、トビマル……トビマルが行っちゃうよぉ、ひっ、う、うー」

　トビマルはちょろちょろして、頭にのってくれたけど、僕が泣いてるせいで落ちつかない。つむじのとこで回転してる。そわそわさせてるのが申しわけない気持ちと、ふわふわに癒《いや》される気持ち。

「離れるのは、つらいですね」

「つは、い、つら、つ……うぇぇん」

　いっぱい涙が出て、おばあ様のお洋服をびしゃびしゃにしたけど、おばあ様は気にしないでずっと抱きしめてくれてる。

「ト、トビマルが寒いところがダメなのも……っ、火山がいいのも、わかってるし、おばあ様のおうちならきっときっと……っやさしい人がお世話してくれますっ」

「ええ。誰よりも動物のお世話が得意な者を遣わせましょう。トビマルが快適に過ごせるように、最善を尽くす。約束しますわ」

「ぅぁい……」

お鼻をぐずつかせてると、おばあ様がハンカチでお顔を拭いてくれる。少しお顔を上げるとおばあ様がすごく優しいお顔で、でもまっすぐ見てくれてた。

「フラン。トビマルは火山で成長することでしょう。どのボルケーノモモンガよりも強く、賢く、立派に」

「っはい」

「プシュ」

「そうして大人になったとき、自由にどこへでも行けるようになったとき。きっとフランに会いに来るわ。トビマルは貴方《あなた》の優しさを忘れない。貴方とすごした日々を忘れることは絶対にない、それはフランも同じでしょう」

「っんく……はい！　忘れませんっ」

「キュ！」

トビマルが頭から降りて僕のお手ての上にのった。やわらかくてあったかい。

暖炉にあたるソファで、おばあ様に抱きしめてもらって覚悟ができた。トビマルの黒くてまるまるの、かわいいお目めを見つめる。

「トビマル。オトナになったら会いに来てね。あ、寒くない日だよ」

「チュチ」

「僕も強くなっておくから。トビマルが火をボーッて出してもぜんぜん平気なくらい、強くなっておくからね！」

「キュ！」

手のひらのトビマルとしっかり見つめあう。

うむ！　通じあった感あり!!

「おばあ様、トビマルをよろしくおねがいしますっ」

「ええ、承りました。しっかりとお世話をしますからね」

「プシュー」

トビマルはちょろちょろとおばあ様のお膝に移動して、お顔の毛づくろいを始めるのでした。


二日後。

おうちのまえには立派な馬車がとまってて、おじい様とおばあ様のお荷物がてきぱきと運び込まれていました。

今日はおふたりがお帰りになる日なのです。さみしい。

お父様はさっきお仕事に行っちゃったから、お見送りには僕とステファンお兄様とセブランお兄様と、いまはまだ僕の肩かけ寝袋にいるトビマル。

「お祖父《じい》様、お祖母《ばあ》様。ご参列くださりありがとうございました」

「……うむ。よい式であった」

「わたくしたちこそ、呼んでもらえて嬉《うれ》しかったです。大切な孫の晴れ舞台をこの目で見られるなんて、最上の喜びでしたわ」

おじい様とのハグに若干時間がかかったけど、ステファンお兄様はふたりとハグしてお別れを伝えた。

僕はセブランお兄様のお手てをぎゅっとして、さみしくなってく空気感に耐えてる。がまん。このまま黙ってれば、トビマルの大事なご用事もワンチャン忘れられることがあるのでは……。

「フラン」

「ん」

セブランお兄様からやさしい声でうながされた。

僕は肩かけのヒモをぎゅっとして、寝袋を見る。

「トビマル」

「プクク」

トビマル、起きてた。夜型なのに起きてるなあと思って、寝袋のうえからそっとなでる。ゴソゴソする感覚。

大丈夫。大丈夫だよ。おじい様もおばあ様も、すごくすごく優しいからね。安心してね。

なでながら伝わるように念じちゃう。

そうしてから、僕はンッと気合いを入れて寝袋を体から離して、両手でおばあ様に差し出した。

「おじい様、おばあ様。トビマルのことをおねがいします」

目が熱くなってきた。お鼻の奥も痛い。けど泣いたらトビマルが不安になるかも。

がんばって寝袋を差し出してたら、おばあ様が赤ちゃんを抱っこするみたいに受け取ってくれた。

おじい様も確認して、うなずく。

「……エリーの郷《さと》へ寄っていこう」

「今冬は、わたくしが春になるまであちらに滞在します。トビマルの様子を手紙でお知らせしますね。だから安心して、フラン」

「はい！」

僕もこくんって力いっぱいにうなずく。おばあ様なら大丈夫！

まず、トビマル寝袋を抱えたおばあ様が、おじい様にエスコートされて馬車にのる。お膝のうえにのせてくれてた寝袋から、トビマルのお鼻がちらって見えた。ダメだ。これ以上ちゃんとお顔とか見たら絶対泣いちゃうし引き止めちゃう。うぐぅっとなってるとセブランお兄様が抱き寄せてくれたので、おズボンぎゅちっとさせてもらいますね……！

おじい様ものり込んで、馬車の扉が閉められた。

窓から見えるのはおじい様とおばあ様。トビマルが見えないのがさみしい。だけどふたりも行っちゃうっていうのも実感してきて、もうお胸がギュンギュンにしめつけられてくる。なにこれつらいよう……っ。

「それでは、お気をつけて」

「また春にご連絡いたします」

お兄様たちのご挨拶で、ついに走りだすおじい様の立派な黒い馬車。

「っさようならぁー！！！」

僕は馬車が見えなくなるまで精いっぱいお手てを振って、みんなを見送ったのでした。

「よく泣かなかったね」

「んぶ……っ」

はいってゆいたかったけど、お鼻と涙がギリギリまでつまってぶーぶー鳴っちゃった。

セブランお兄様のズボンをくっしゃくしゃにしながら、お目めかっぴらいて地面を見てると、ステファンお兄様が頭をなでてくれた。

「いつも別れのときは私たちもフランが泣くのを覚悟するのに……おや、目が真っ赤ではないか」

ぬう……！　バレた！

泣いちゃいそうになるのをギリで止めて、僕はお兄様たちに宣言する。

「つ、強くなるって決めたんです。そんでよい子になって、いつかトビマルと帝都で会うってお約束したから、僕はここでがんばることにしました……っ」

「うむ、見事な志だ。えらいぞ」

「はい……！」

「じゃあフラン。今日はお兄様たちとともに、決起集会をしようか。新しい決意に、アップルパイと紅茶を飲もう」

「良いな。私もおまえたちに励まされたい気持ちだ」

「んう……？　っずび……、むぬ。ステファンお兄様もですか？」

「ああ。結婚にこんなに勇気が必要とは思わなかった。フラン、ともに勇気をつけよう」

「ぅあいっ!!」

こうして僕は、帝都でがんばることを決めたのでした。

15歳になったとき、悪役貴族だって運命にボコられたら、会いたい人たちに会えなくなって、お兄様やおじい様たちとも別れ別れになってしまう。

そんなんぜったいヤだもん！

これからも一生けんめいがんばってよい子になって、あわよくば強い子にもなるぞっ。

お鼻からスプン！　と気合いを入れた僕は、おうちのまえで待っててくれるお兄様たちに向かって貴族らしからぬダッシュをきめるのでした。

番外編

弟子の尊敬は脚力含む

６歳の小さなお手が器用にアップルパイを切り分け、フォークに刺した一切れを小さな口に含まれました。

「んはぁ～……アップルパイおいしい」

穏やかな日差しの庭園で、フランぼっちゃまがアップルパイを召し上がっておられました。

尊敬する料理長が渾身《こんしん》の集中力で作られたアップルパイです。

ランチとディナーの間の軽食のお時間、我らが料理長は、おひとりでお屋敷で過ごされるフランぼっちゃまのお側《そば》に控えます。

「紅茶を替えさせていただきます」

「うん。はぁ～……」

アップルパイの美味《おい》しさに紅茶を飲むことすらお忘れになるぼっちゃま。メイドが二度目のお取り替えをする横で、フランぼっちゃまは恍惚《こうこつ》の表情。

まぶたを閉じ、お口のリンゴの香りに浸るようにして、ゆっくりと食べ進めておられます。桃色でつやつやとした頬を両手でつつんで、全身で味わっておられるご様子。

見ているこちらも「美味しい」となる表情に、我々料理人は微笑《ほほえ》ましさとともに、料理長への尊敬を深くしました。

「シェフ。ふつうのアップルパイって、すごくおいしい！」

「ありがたきお言葉でございます」

「ん！　夜もこうしてね！　んふぅー……おいしいなぁ。リンゴはこれがサイコウだねぇ」

「ようございました」

「うんっ」

二ピース目をご所望のフランぼっちゃまのお姿は、まさに幸福を体現なさっておいででした。


夕刻前。

ディナーの準備が始まる厨房《ちゅうぼう》には、いつにない緊張感が漂っています。我々は整列して料理長の指示を待つが、今日届けられた食材のあまりの迫力に息を呑《の》んでいました。

「……やるか」

料理長が大きな包丁を手に取られました。

「り、料理長。本当にやるのですか」

「ああ。今週はあまりお肉もお野菜もお召し上がりではない。そろそろ栄養が心配だ」

「だからと言ってよりによってこの魔物肉を……！」

料理長の前にあるのは巨大な牛肉。ただの牛肉ではありません。

ヘルズブル。別名・地獄の牛。

森の奥に生息し、人を見つけると鋭い角を向けて突進してくるとても危険な魔物です。討伐の難易度も相当なもので、手に入れるには伝手《つて》と財力と運が必要ですが、トリアイナ家はすべてを持つ貴族であらせられます。

それが本日、届きました。

高レベルの魔物は内包する魔素量が多く、つまりフランぼっちゃまが苦手な「魔力の香り」も強いのです。

我々ただの料理人には、フランぼっちゃまがお召し上がりになるお姿が想像できません。到底無理だと思っている食材ですが、料理長はそうではないようで。

「地獄の牛を、ぼっちゃまに召し上がっていただく！」

決意の瞳で、料理長は我々に指示を下すのでした。

「まずは柔らかくすることからだ」

「料理長。柔らかく煮込むには二日は必要です」

「いや、そんな時間はいらない」

「え！」

「刻むぞ」

料理長の頭にはレシピが完成しているよう。おそらく前々から考えておられたのではないでしょうか。ヘルズブルのレシピを。

　料理長の料理にかける情熱は、我々の心をも熱くします。

「小さく小さくして、リンゴのベールで隠す！　これが今夜の最大の任務である！」

「「　ハイッ　」」

「大きさを揃《そろ》えろ。ぼっちゃまは敏感だが、一口目に違和感がなければ二口目に進まれる！」

「「　ハイッ　」」

「炒《いた》めた油は拭き取るように。油には獣特有の香りがある。ぼっちゃまがすぐにお気づきにならぬように！」

「「　ハイッ　」」

　料理長は指示を出しながら、アップルパイ生地の制作中です。手が離せないため、我々料理人もこれまでの経験を糧に料理長の指示を受けては寸分の狂いもなく動きます。

「料理長、こちらの野菜は」

「千切りにしてリンゴジュースで和《あ》える。リンゴの香りをまとわせる」

　そうして、厨房一丸となった肉と野菜の入ったアップルパイが完成しました。厨房にリンゴの甘い香りが充満していますが、ほのかにビーフの香ばしい香りがまざっています。ちなみに、何も入っていないシンプルなアップルパイは、いままさに焼き上げ中です。

「見た目は完璧だ」

「料理長……」

「みんな、よくやってくれた」

料理長が我々を振り返り、労《ねぎら》うように微笑んでくれました。その微笑みのなかには少し諦めの表情も見えました。

「っ、きっとバレません！」

「一ピースは完食してくださいますっ」

「「ご武運を……！」」

それから十数分後、全速力で厨房に戻ってくる料理長。

少し前に焼き上がり、しばし寝かせたアップルパイがのったワゴンにお手をかけました。

「料理長、さきほどのアップルパイは……!?」

「……肉とアマドコロという山菜入りだとお伝えすると、『めずらしいやつコラボさせてる！』と衝撃を受けていらっしゃった。お肉は、ヘルズブルとはわからなかったようだ」

ワッと歓声が湧き上がりました。ヘルズブルのあの臭みを、ふつうの肉のように許容してくださったとは……!!

「良かったですね、料理長……！」

「ああ。おまえたちのおかげだ。……行ってくる！」

ワゴンと一体化するように猛スピードで食堂へ戻っていく料理長の背に、我々料理人は尊敬を深くしたのでした。

番外編　ふにゃふにゃ不在帝国

Akuyaku no Goreisoku no
Dounikashitai Nichijyo

「猫いない」

護衛と使用人につきそわれて街でしゃがみ込む僕、公爵家三男６歳。

教会でお祈りする日だからお父様たちと来てるんだけど、ご用事あるってゆわれたから馬車のとこでステイ。おヒマだったからほそい路地とか覗《のぞ》いてみたんだけど猫おらん。

「猫……？」

「サーベルキラーキャットのことでしょうか」

名前のえぐさ。

「キラーとかじゃなくて、あのほら、のらのやつ」

「野良のサーベルキラーキャット、でございますか」

「ぼっちゃま、ご安心ください。かように凶暴な魔物は帝都には入ってこられません」

ニッコニコの護衛。ぬぬぅ、ちがう。僕はいまふにゃふにゃでのんびりしてるノラ猫を見たいだけなんだ。帝都のガッチリセキュリティのお話がしたいんじゃないよぅ。

（あれ……？）

僕、よく思い出してみたんだけど帝都で猫って見たことないかもしれない……！

僕はしゃがんだままお顔を上にして、護衛とキティを見た。

「ちっちゃくて街のみんなでお世話してる猫いない？」

「……お世話をする、猫」

「……街の者たちで」

めちゃくちゃ悩んでる。まじか。

「あの、えと、ネズミ獲ったりしない……？」

猫ってお役に立つから街で大事にされてたって聞いたことあるよ。帝都にはネズミけっこういるし、あ、それに教会とかにネズミ出るとろうそくとか食べて大変だから猫かったりするって聞いたことあるよ！

キティと護衛はお顔を見合わせてちょっと考えこんだあと、知ってることを教えてくれた。

「帝都にいる大抵のネズミは、大ガラスや深淵《しんえん》に食べられてしまいますね」

「しんえん」

「主に小さな魔物が作る巣ですね」

「それに教会の近くではゴースト等もネズミを吸いとりますから」

「すいとる」

「はい。凶悪さを増すと神官たちに浄化されるそうですよ」

出てくる単語の強烈さが、これ以上ふかく聞いちゃいけないって僕の本能を刺激してきます。

うむ、やめとこう！

「猫おらん」

ぺふぅとため息を出して立ちあがる。

帝都は猫、いない。

サーベルキラーキャットは、いる。

「フラン。どうしたんだい？」

「セブランお兄様」

「靴に小石が入ったような顔をしているね」

ひと足先に来てくれたセブランお兄様が僕の肩を抱きよせてくれたから全身でぺっとりくっついた。

やわらかくないけど、癒《いや》されます。

「ノラ猫がいなかったのです」

「サーベルキラーキャット？」

「あばー」

猫といえばその子なのかぁ。

僕はぽつぽつとノラ猫を見つけようとしてたことをお話しした。ぜったいに会いたいわけじゃないけど、いなかったらいないで、なんかふしぎな気持ちなんだ。アスカロンには猫いないのだ。

「猫、猫か……。王国では貴族の婦人たちが飼っているそうだけれど」

「んあえっ、猫いますか！」

キラーじゃないのが！　キラーじゃないふにゃふにゃのが！

「あ、ああ」

「帝都でかってる貴族もいますっ？」

「いや。昔はいたらしいが、帝都のネズミは強いから、激しい戦いになるそうで飼えないと聞いたことがあるよ。顔つきも性格も、王国のときよりもかなり勇ましく変わるそうだ」

「ああ～……」

ふつうの猫がキラー寄りになっちゃうんだね。

僕は猫を眺めるのをあきらめて、おうちに帰ったら馬に会いに行こって思ったのでした。


****

「うまー！」

厩舎《きゅうしゃ》のなかを走りぬけるぼっちゃま。

お目当ての奥にいる三頭の馬のところまで行くと、機嫌良さそうに笑みを浮かべられた。

教会の集会からお戻りになったぼっちゃまが厩舎へ行きたいとおっしゃったので、共にお戻りになった旦那様に許可をいただき我々護衛兵は厩舎へ同行した。

外での警護を務めた騎士たちと簡単な引き継ぎを行い交代する。

お屋敷はステファン様の魔法により帝都の中でも頑強な結界が張ってあり警護はなくても良いのだ

が、厩舎までは距離があるので、お疲れになったぼっちゃまが寝てしまうこともあり得る。6歳のお体には仮眠が必要なのだろう。その際は迅速にそして静かにお部屋までお運びするため、我々がお手伝いさせていただきたかったのだ。

　到着する前に眠ってしまうのではと思われたぼっちゃまだったが、今は舎人に柵を開けてもらい馬に抱きついている。

「ブヒヒン」

「はぁー馬だぁ」

　トリアイナ家にはたくさんの馬がいるが、こちらの厩舎には旦那様やステファン様が管理させている馬しかいない。現役を退いた馬を含め、皆、立派な体躯《たいく》で賢い馬ばかりだ。

「ヒヒン」

「おぶん」

　中でも奥に部屋を持つ三頭の馬は、戦場を駆ける経験が最も多かったと聞く。今でも広場を駆け抜ける速さや身のこなしにはその勇猛さの片鱗《へんりん》を見ることができるが、ぼっちゃまに対しては置物のようにおとなしい。

　おそらく主人である旦那様のご子息であられることを理解しているのだろう。

　抱きつかれた馬はぴくりとも動かずされるがまま。それ以外の若い二頭は、ぼっちゃまと距離を保ちながらもたまに鼻先で撫《な》でたり、押したりしてちょっかいを出していた。

　ぼっちゃまの背丈では馬の胸の辺りにしか届かないがそれでも満足そうだ。

しっかりと抱きついて目を閉じている。その長閑《のどか》な光景に、我々もつられてほのぼのとした気持ちになる。

馬の鼓動を聞いているのだろうか。

「馬、馬はえぐいやつじゃない？　うま？」

「ブヒン」

「ヒヒーン」

戸惑うような馬のいななき。

ぼっちゃまのおっしゃったことを頭で反芻《はんすう》したのは馬だけではない。我々もだ。

ぼっちゃま付きのメイドであるキティの呟《つぶや》きが聞こえた。

「ぼっちゃまが疑心暗鬼に……」

「何があったのだ」

基本的には天真爛漫《らんまん》であられるぼっちゃまがあのような物言いをするのは珍しい。

「街で野良の猫をお探しでいらっしゃったのですが、帝都にはいないとお知りになられたのです」

「魔物ではダメなのか？」

「魔物ではないそうです」

普通の猫は帝都には存在しない。サーベルキラーキャットならば捕まえてくることも可能だが、気性が荒いので飼うには許可が出ないだろう。

ペットが欲しくなったのかは定かではないが、ぼっちゃまは馬を撫でて舎人の話を聞き、満たされているように見えた。無理に魔物を飼う必要もないように思える。

「馬、けなみツヤツヤだね」

「ブヒン」

「今朝は旦那様が直々にブラッシングなさっておいででした」

「お父様がやったの」

「はい。馬は心も言葉もわかる義理堅い動物ですので、真心を込めて世話をすればそれを返してくれるのです」

「そうなんだっ」

舎人の言うように馬はとても賢い。

特に旦那様が愛馬としていた馬たちは皆賢く、そして魔力も強かった。

トリアイナ家の皆様が騎馬で戦地を駆け抜ける姿は我々騎士の憧れである。

「馬、僕ね、馬のこと好きだよ。ツヤツヤだし、サラサラだしあったかいし」

「ヒヒーン」

「ブルルルル」

ぼっちゃまの惜しみない愛の言葉。

旦那様もよくお褒めの言葉を口になさってくれるが、やはりとても似た親子であらせられる。

馬もそれがわかるのかじっとしたまま、目は満足そうに細められた。

興味がないように立っていた二頭の馬も、ゆったりとぼっちゃまのそばに歩いてくる。

「伝わっていますね」

「ああ」

これは間違いなく長閑な光景であろう。

三頭の馬を順々に撫でていったぼっちゃまが、ぷすぅと鼻息をついた。頬がピンク色になり満たされた表情だ。

「ん。もう帰るね。僕、おなかすいちゃ……びゃー！」

別れを告げるぼっちゃまに二頭の馬が同時に鼻を押しつけた。小さなお体が前方に傾くともう一頭が鼻で支えた。

支えるにしても鼻でのことなので、ぼっちゃまは馬の鼻水でびちゃびちゃだ。

「なんなん……っ」

馬の顔に三方を囲まれ戸惑うぼっちゃまだが、馬たちは舎人に離される前に距離を取ってぼっちゃまを見つめるだけにとどまった。

呆然《ぼうぜん》となさるぼっちゃまにキティらが駆け寄り、ハンカチでお顔を清めていく。

舎人は苦笑を浮かべぼっちゃまに頭を下げた。

「ぼっちゃまが帰ってしまうのが寂しいのでしょう」

「そうなの……？」

「ブヒヒン」

「んむぅ」

首を傾《かし》げ少し考え込んだぼっちゃまは、距離を取った馬たちに再び歩を進める。馬たちが察知したかのようにぼっちゃまの顔の高さまで少しかがむと、一頭ずつ顔を撫でられた。

「また来るからね。こんどはブラッシングさせてね」

「ヒヒーン」

最後の一頭にはその鼻面にキスをおくるぼっちゃま。

満足そうに鼻息を漏らす馬と、ぼっちゃまーっと叫んで倒れるキティ。

我々はぼっちゃまを護衛しつつ、よろめいたメイドとキティを支えながら屋敷に戻ることになったのだった。

番外編

勇敢なぬいぐるみたち

Akuyaku no Goreisoku no
Dounikashitai Nichijyo

騎士見習いの勉強を終えて、夜の屋敷を歩く。

廊下には適度にランプが灯《とも》されて歩くには困らないが、窓からの月明かりを感じられる程度の明るさだ。

騎士になるための知識は詰めても詰めても終わらない。疲れているはずなのに、脳が休まらないのか眠気もない。

深夜に帰ってきたボクの手伝いを、起きていてくれたメイドたちはしたがったが、今は一人の方がいいと思えた。

「………？」

見えない廊下の奥から、布の擦れる音がする。誰かこちらへ向かって来ているのだろうか。

「……ふぁぶ!?　……セ、セブランお兄様……」

薄闇の中から廊下を曲がって現れたのは、ボクの弟フラン。そしていつも付いていてくれる大柄なメイドだった。

「フラン。こんな深夜にどうしたの」

「………」

もう半年もせずに7歳になるフランは、栄養不足なのか同い年の中でも小さい体をさらに小さくさせて、メイドの手にしがみついて歩いていた。

いつもは笑顔でいるのに沈んだ様子。

片腕にぬいぐるみを抱えているメイドに視線をやると、頭を下げてみせた。

「何があった？」

「怖い夢をご覧になったそうです。お部屋にいるのが怖く」

「こ、こわすぎではないです」

「怖すぎてはいないですが、お部屋にいるのがお嫌になられたので、廊下を歩くことにいたしました」

「………」

どうやら弟は、怖い夢を見て部屋にいられなくなったらしい。それをボクに見られたのが決まりわるいのだろう。ススス……とメイドの後ろに隠れようとしていた。

ボクはフランのそばに行き、目線を合わせるように屈《かが》んだ。

「フラン」

「あい」

スカートの陰からこっそり見上げてくる顔。

怖がりなのが恥ずかしかったのかな。

「ボクと応接間に行こうか。温かい紅茶を淹《い》れてもらおう」

「で、でもセブランお兄様もおつかれですし……」

「ボクも眠れなくて、ミルクティーでも淹れようかと思っていたんだ。フランが付き合ってくれたら嬉《うれ》しいんだけど」

「……おつ、おつきあいしますっ」

お願いすると、少し悩んだ様子のあと、パッと顔を上げてボクの隣に来てくれた。自然と手を繋《つな》いでくれるのが愛らしい。

もう冬になるという季節。ひんやりしたフランの手を温めるようにボクもしっかりと握り返した。

来た道を戻るようにして応接間へ向かう。

「こわすぎなかったです、すこし、すこしですっ」

「うん、そうだね」

僕とメイドがいることでフランも元気になってきたようだ。

「おば、おばけ、おばけぇ……のような、そんなあの、青いのがブワーッてきたから、逃げました！」

「逃げられた？」

「べフゥ……ッ」

「そ、そう。がんばったね」

夢の中のフランは逃げることに失敗したらしい。正体不明の者に追い回されるなど怖かったことだろう。

泣くのを我慢してるのか、それとも悔しい思いなのか、フランは下唇を吸い込んでいた。

一度は引かせたメイドたちを呼び、応接間の暖炉に火を入れさせる。紅茶もミルクたっぷりであまいジャムを混ぜたフラン仕様にした。

二人で隣り合ってソファに座り、フランにはブランケットをかけてやる。

「なぜケルピーを持ってきたんだい？　フランは狼《おおかみ》と寝ていたと思っていたけれど」

ステファン兄様のくださったケルピーのぬいぐるみ。いまはフランの隣でソファからはみ出して置かれている。

「んんと、ケルピーは敵を海に引きずりこんで食べちゃうんだって聞きました！」

「うん」

「狼さんはそういうの食べないけど、ケルピーなら食べても、おなか痛くしないかなって……」

ブランケットにくるまった隙間から手を出しケルピーの頭を撫《な》でてやるフラン。少々罪悪感を覚えている顔だ。

ああ、なるほど。

「おばけを食べてもらおうと思ったのか」

「……冬におばけでるのはナシと思いました」

「ふふ！　そうだね。たしかに夏のほうがゴーストの被害が多い」

討伐隊も冬より夏のほうがよく駆り出されている。

季節外れのゴーストの夢とは面白いな、と思っているとフランの体がビクッとして硬くなった。

紅茶のカップを両手で持ったところだったが、途中で動きを止めてボクを見上げてくる。目がまんまるだ。

「……お」

「?」

「おばけいるんす……っ!?」

「うん?　魂を縛られた死霊や想《おも》いがゴーストになるんだよ。森に多いけれど、古い建物に住むゴーストもいるな」

「ズエエエ……」

聞いたことない音を口から発したフランが、そのまま小刻みに震えだした。

紅茶をこぼしてしまいそうなので慌ててティーカップを取り上げテーブルに置き、すぐに抱きしめる。

「フラン!?」

「ムリです、こわい……こわくてしぬ……」

「ご、ごめんね!　そうだ、怖いよねっ!?」

しまった。そうだ、フランはおばけが怖いと言って起きてしまったのに。

「大丈夫、大丈夫。ほら、アップルパイだよ」

タイミングよく料理長がアップルパイを運んできてくれた。

しかしフランはブランケットにすっぽりと体を包み、ボクに顔を埋めて出てこなくなってしまう。

「……毛布から出たら……そこをおばけが……」

「料理長、切ってくれ。フォークでボクが食べさせる」

「ハッ」

緊急事態に緊張感の走る応接間。

見事な連携で一瞬にしてアップルパイの皿が置かれた。一口大に切られたアップルパイをフォークに刺し、フランの唯一見えた頬に近づけると、しばらくしてチラリと見たあと、パクリと食べてくれた。

ホッとして、空気がゆるんだ。

フランも一口食べると落ち着いたらしく、それからは恐る恐るといった感じで徐々に紅茶を飲んだりアップルパイを食べたりできた。

一ピースを食べきってフランがウトウトしだすのを見たら、ボクもずっと張り詰めていた緊張が解けた気持ちになってきた。

「うむん……」

「うん。ここにいるよ」

ボクの体に寄りかかり、寝心地が良いところを探そうと身じろぎをするフランが愛《いと》しくてたまらない。

ブランケットを肩に掛けて、つむじにキスを贈る。

「……おにいさま……」

「大丈夫。怖いものが来ても、兄様とケルピーが守るからね。安心してお眠り」

「……ピー……」

「ふふっ」

鼻息で返事をしてくれたフラン。

暖炉とミルクティーで温められた弟を抱きしめて、ボクも自然とあくびが出るのだった。

あとがき

「悪役のご令息のどうにかしたい日常」４巻をお手にとってくださり、ありがとうございます！

　まさか４巻を、そしてフラン７歳のお話の続きを書くことができるとは想像もしておらずとても驚きました。こんなにも恵まれた機会をいただけたのは、ひとえに読んでくださる皆様がいたからこそです。本当にありがとうございます！　ちいさいフランを書くのもとても楽しくて、あれもこれも書きたいことがあって、書き下ろしできてしあわせでした！

　７歳ではついにステファンお兄様が結婚し、新しい家族が増えることになりました。そしてふたりの子も生まれて、トリアイナ家はさらに賑やかになることでしょう。

　かわいい哺乳類がいない世界と定評のある「アスカロン帝国戦記」ですが、トビマルというちっちゃくてかわいい動物が発見されました。フランは虫も大好きですが、じつはちゃんとかわいい哺乳類も大好きな子どもだったようです！　フランもつかの間とはいえ癒しに癒され、切なさも覚えて、またひとつ成長できたと思います。しばらくは自室でごろり……として落ち込んだりしたかもですが。

　そして動物の発見は、勇者アーサーことゲーム大好きなあっくんも驚くことだと思います。なぜなら設定資料集にもない情報なので……！　今回は出会えませんでしたが、たぶん彼も動物好きなのでいつか平和な世界になってトビマルのお話を聞いたら「アスカロンにペットの概念があったでござる……!?」という驚きといっしょに感動してくれそうです！

最後になりますが、今巻も素敵な挿絵を描いてくださったコウキ。先生に伝えきれないほどの感謝を……！　本当にありがとうございました！　表紙が可愛すぎで心臓がドン！　ってなりました。いつも感動しております。

またコミカライズを担当してくださるふわいにむ先生も、この場を借りて感謝いたします。毎回、可愛い漫画をありがとうございます！

なによりもこの長いお話を読んでくださる皆様に、心からお礼と感謝を……！　本当にありがとうございます！　なによりの力になっています！

これからも頑張りますので、よろしくお願いいたします！

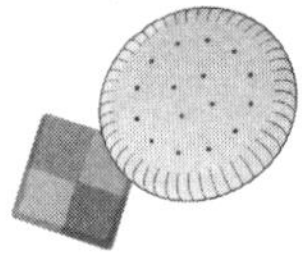

悪《あく》役《やく》のご令《れい》息《そく》のどうにかしたい日《にち》常《じょう》4

初出……「悪役のご令息のどうにかしたい日常」
小説投稿サイト「ムーンライトノベルズ」で掲載

2023年11月5日　初版発行

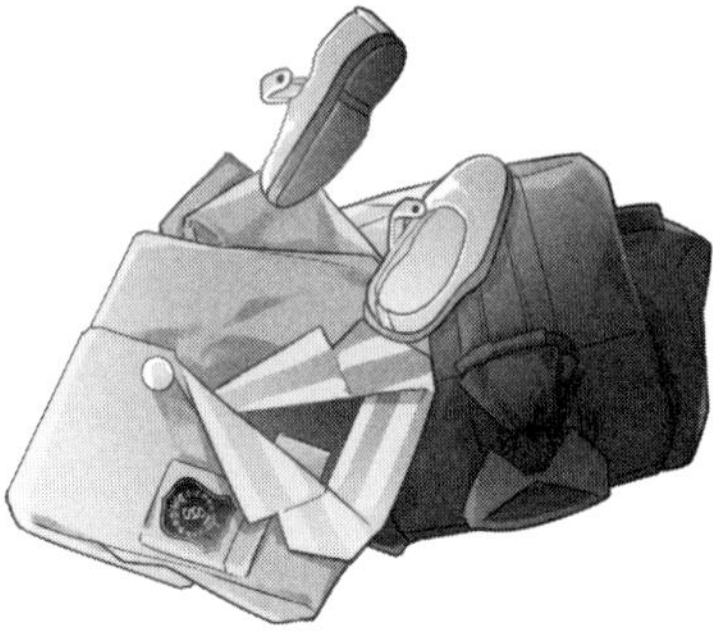

【　著　　者　】馬《うま》のこえが聞《き》こえる

【イラスト】コウキ。

【　発 行 者　】野内雅宏

【　発 行 所　】株式会社一迅社
〒160-0022
東京都新宿区新宿3-1-13　京王新宿追分ビル5F
電話　03-5312-7432（編集）
電話　03-5312-6150（販売）

発売元:株式会社講談社（講談社・一迅社）

【印刷所・製本】大日本印刷株式会社
【　D　T　P　】株式会社三協美術

【　装　　幀　】AFTERGLOW

ISBN978-4-7580-9594-5

Printed in JAPAN

おたよりの宛先
〒160-0022
東京都新宿区新宿3-1-13　京王新宿追分ビル5F
株式会社一迅社　ノベル編集部
馬のこえが聞こえる先生・コウキ。先生

Akuyaku no Goreisoku no
Dounikashitai Nichijyo

馬のこえが聞こえるの本

悪役のご令息のどうにかしたい日常

悪役のご令息のどうにかしたい日常2

悪役のご令息のどうにかしたい日常3

悪役のご令息のどうにかしたい日常4

9784758095945
1920293013008
ISBN978-4-7580-9594-5
C0293 ¥1300E
定価：本体1300円＋税
発行　一迅社

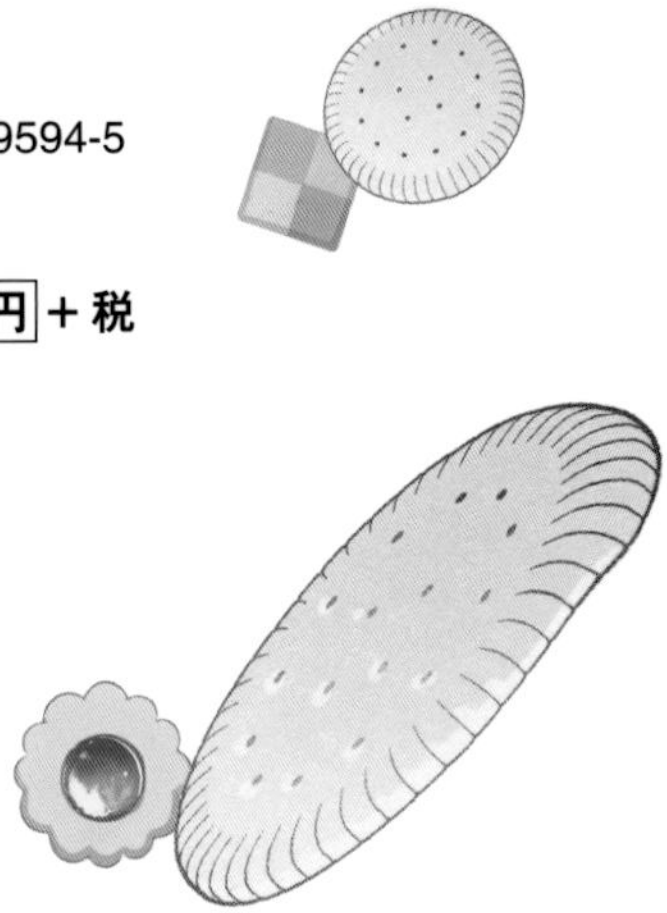

STORY

ゲームの悪役に転生していた公爵家三男の僕、7歳。

魔王もなんかたぶん封印されたし、魔王の影響で凶暴になっちゃう
魔物たちも落ちついてるし、この世の平和をかみしめてます。

あとは僕がよい子になれば勇者にボコボコにされない、はず。

いまはよい子感が足りなくても、ゲームが始まる15歳までまだ時間 [illegible] ……！

勇者がヤル気で来て
大好きな人たちも助

破滅回避を目指す悪役
ゆるふわ異世界ファン
本編オール書き下ろし

Akuyaku no Goreisoku no Dounikashitai Nichijyo